KB272297

임미옥의
시적
동행
1

시는 그렇게 말을 건다

임미옥 지음

새미

시를 읽는다는 것
『임미옥의 시적 동행』을 시작하며

시를 읽는다는 건 무엇일까. 그저 감탄하며 밑줄을 긋는 일일까, 아니면 이해할 수 없다는 당혹감에 멈춰 서는 일일까.

내게 시 읽기는 언제나 살아내는 일과 닮아 있었다. 삶이 부서지는 순간에도, 어떤 시는 그 조각을 품고 찾아왔다. 차마 말할 수 없었던 시간, 침묵을 견디게 해준 것도 시였다. 주저앉거나 멈춰선 곳에서 나를 이끌어준 것도, 더 멀고 높은 곳을 보여준 것도 시였다.

시를 읽는다는 것은 삶의 깊은 골짜기에서 뜻밖의 빛을 만나는 일이다. 그리고 존재의 가장 높은 봉우리에서 떨어진 빛의 조각들을 모아 마음의 지도를 그려나가는 일이다. 말하지 못했던 감정이 한 줄의 시에서 말문을 트고, 감당하기 어려웠던 마음이 한 편의 시 안에서 다소곳이 앉는 것을 나는 여러 번 경험했다.

시는 부드럽기만 한 언어가 아니다. 때로는 차가운 거울이 되어 외면했던 진실과 마주하게 한다. 나는 그 냉정함 덕분에 스스로를 돌아보게 되었다. 내가 시를 읽을 때, 시는 나를 읽었다.

시는 상처를 어루만지기도 하지만, 그 상처 너머를 바라보게 만드는 통찰의 빛이었다. 시는 가만히 어깨를 토닥이는 손이면서, 때로는 등을 떠미는 바람이었다. 시는 주저앉은 나를 일으켜 세우고,

멈춰 있던 자리에서 걷게 했으며, 생각지도 않은 힘으로 뛰게 하기도 했다. 그리하여 내 안의 또 다른 '나'에게 도달하게 했다.

무엇보다 시는 나에게 어둠 속에서도 길을 잃지 않고 나아가게 해준 가장 조용하고 단단한 동행이었다. 시가 내게 말을 건네고, 나는 그 말을 읽으며 함께 걸어왔다.

『임미옥의 시적 동행』은 그런 시들과의 내밀한 교감의 기록이며, 함께 걸어온 시간의 흔적들이다. 이 시 해설 시리즈는 시가 내게 먼저 말을 걸어오거나, 내가 시 곁에 말없이 머물다가, 마침내 다시 피어나는 마음을 따라 쓴 기록이다.

1권 『시는 그렇게 말을 건다』에서는 시가 먼저 내게 말을 걸어온 순간을, 2권 『마음이 머무는 시선』에서는 그 말 앞에 멈추어 오래 응시한 시간을 담았고, 3권 『꽃피는 마음으로 시를 읽다』에서는 그 응시 끝에 마음이 조용히 피어나는 이야기를 담아가려 한다.

시는 말보다 깊은 위로이며, 침묵보다 명료한 고백이다. 시는 때로는 차가운 거울이며, 때로는 번뜩이는 통찰의 빛이다. 그 모든 것을 담은 이 책들이 누군가의 고요한 순간에 작은 등불 하나 되어주기를, 시 한 줄처럼 다정히 곁에 머물기를 바란다.

인사의 말씀

시와 함께 걸어온 길을 돌아보며

시가 구원이 될 수 있을까. 내가 정말 시를 사랑하고 있을까. 짧지 않은 시간 동안 시를 쓰고 가르치면서도, 그런 회의가 늘 마음 한켠에 남아 흔들리곤 했습니다.

그러던 어느 날, 한 통의 전화가 걸려왔습니다. 조간신문 『일간투데이』에서 매주 한 편씩 시 해설 원고를 청탁해 온 것이었습니다. 정해진 마감일과 분량 안에서 시를 고르고 해설을 쓰는 일은 저에게 꽤 큰 부담이자 새로운 도전이었습니다.

그럼에도 저는 그 제안을 받아들였습니다. 시에 대한 막연하기만 했던 애정과 회의를 한 번쯤은 정면으로 마주하고 싶었기 때문입니다. 그렇게 시작된 연재는 매주 저를 시 앞에 서게 했고, 시를 깊이 읽고, 마음으로 감응하며, 그 감응을 언어로 풀어내는 연습을 하게 했습니다.

시를 읽고 쓰는 동안, 나는 혼자였지만 시와는 함께였습니다. 마음을 움직인 시를 누군가와 나눌 수 있다는 것—그것이 이 글쓰기를 지속할 수 있었던 힘이었습니다.

그러나 118회를 마치고 119회를 준비하던 어느 날, 예기치 못한 교통사고가 일어났습니다. 제가 운전하던 차는 완전히 부서졌고, 저는 119 구급차에 실려 병원으로 이송되어야 했습니다. '임미옥의 목요시선'은 그 자리에서 끝이 났습니다.

몸이 회복된 뒤, 연재를 계속하거나 연재 원고를 책으로 엮으려 했지만 곧이어 닥친 코로나 팬데믹으로 인해 계획은 자꾸 미뤄졌습니다. 2023년 초부터 매일 한 편씩 다시 살펴 수정·보완했지만, 그 무렵 저 역시 코로나에 감염되어 입원했고, 오랜 후유증까지 겹치며 작업은 여러 차례 중단되었습니다.

결국 연재를 마친 지 4년이 넘어서야 책 엮기에 착수했고, 5년 만에야 이 책이 세상에 나오게 되었습니다.

그 시간 동안, 저는 시를 더 깊이 음미하고 더 오래 바라보게 되었습니다. 한 편의 시를 온전히 이해하려면 그 시가 탄생한 삶의 뿌리까지 함께 바라보아야 한다는 생각으로, 시인들의 생애 또한 조심스레 되짚었습니다. 그러는 사이, 문득 마음을 두드리는 시를 새롭게 품기도 하고, 내 안에서 울림이 사라진 시는 조용히 떠나보내기도 했습니다.

연재 순서 대신 '시의 사계절'에 따라 책을 구성했고, 각 계절의 장마다 영원을 노래한 시들을 담아 희망의 자리를 남겨두었습니다.

돌아보면, 이 동행은 저에게도 하나의 구원이었습니다. 허무와 절망, 회의와 번민의 늪에 빠져 있던 저에게 제가 고른 시들은 위로이자 희망의 빛줄기였고, 그 시들로 엮은 해설은 구원의 그물이 되어주었습니다.

시와 더불어 부대끼는 동안 저는 다시 시를 사랑하게 되었고, 그 사랑은 제가 살아 있다는 증거이기도 했습니다. 그렇게 한 편 한 편 시와 함께 걸은 시간들을 되새기며, 저는 이 책의 이름을 『임미옥의 시적 동행』이라 붙였습니다.

'시적 동행'이라는 표현은 그 자체가 하나의 철학적 선언입니다. 이 동행은 시와의 동행인 동시에, 시의 방식으로 살아보려는 지성과 감성, 그리고 영성의 동행입니다. 이 책이 누군가의 마음에도 조용히 말을 거는 한 권의 시가 되어주기를 바랍니다.

이 자리를 빌려, 이 시적 동행의 밑거름이 되어주신 분들께 깊이 감사드립니다. 먼저 이 책에 실린 시를 세상에 내어주신 눈 맑고 마음 따뜻한 시인들, 부족한 저에게 연재의 기회를 주신 『일간투데이』 관계자 여러분, 어려운 시기에 기꺼이 책으로 엮어주신 출판사 사장님과 편집자님께 진심으로 감사드립니다.

늘 곁에서 격려해 준 벗들과 문우들, 시의 식탁을 함께 나누고, 존재의 결을 문장으로 새기며 통합 창작의 여정을 함께 걸어온 용산아이파크문화센터의 따뜻한 길벗들, 그리고 매주 글을 기다려 마음으로 읽어 주신 독자 여러분께도 감사의 인사를 전합니다. 무

엇보다도 언제나 제 곁에 있어 준 가족에게—기쁠 때나 슬플 때나,
넘칠 때나 부족할 때나 그 따뜻한 자리에 늘 함께 있어 주심에 깊
은 감사를 드립니다.

　이 책이 제가 받은 따뜻함을 다시 전하는 한 권의 시가 될 수 있
기를 바랍니다.

— 임미옥

시 한편이 내게 말을 건 적이 있다…

시 한 편이 내게 말을 건 적이 있다. 슬픔이 깊던 어느 날, 누구의 목소리보다 먼저 시가 나를 불렀다. 그때 나는 알았다. 시는 우리가 주목하지 못한 순간에도 조용히 말을 건네고 있다는 것을.

이 책은 그 말을 들었던 순간들의 기록이다. 나는 시를 읽기만 한 것이 아니라, 시가 먼저 말을 건네온 그 정서와 사유의 울림에 조심스럽게 응답하려 한 사람이었다.

연재는 그런 응답의 훈련이자, 내 마음을 향해 온 시의 목소리를 놓치지 않으려는 작은 몸짓이었다. 매주 한 편의 시 앞에 앉아, 그 속에 깃든 시인의 숨결과 생을 헤아리려 애썼고, 그때마다 나의 일상과 내면도 시의 숨결에 기대어 조용히 흔들리며 조금씩 제 자리를 찾아갔다.

이 책에 실린 시들은 모두 그런 떨림을 일으킨 작품들이다. 그 떨림은 때로 삶의 외로움 속에서, 또는 무심한 하루의 틈에서 일어났고, 나는 그 순간들을 오래 붙들어두기 위해 글을 써나갔다.

『시는 그렇게 말을 건다』는 시가 내게 말을 걸어온 첫 장면들을 담고 있다. 익숙한 시들 속에서도 새로운 울림을 발견했던 순간,

익숙한 고통과 습관적인 일상 속에서도 여전히 낯선 위로와 깨우침을 느꼈던 시간들이 여기 담겼다.

시가 먼저 말을 건다는 것, 그리고 내가 그 말을 들을 수 있다는 것. 그 단순하지만 놀라운 사실 앞에서, 나는 다시 시를 사랑하게 되었고, 다시 시에게 나의 마음을 내어줄 수 있었다.

이 책이 시를 사랑하는 모든 이들에게 조용히 자신의 슬픔과 기쁨을 되돌아보게 해주는 한 권의 깊은 동행이 되어주기를 소망한다.

차례

1부 봄

먼 데서 이기고
돌아온 사람

봄 이성부

기다리지 않아도 오고
기다림마저 잃었을 때에도 너는 온다.

어디 뻘밭 구석이거나
썩은 물웅덩이 같은 데를 기웃거리다가
한눈 좀 팔고, 싸움도 한판 하고,
지쳐 나자빠져 있다가
다급한 사연 들고 달려간 바람이
흔들어 깨우면
눈 부비며 너는 더디게 온다.
더디게 더디게 마침내 올 것이 온다.

너를 보면 눈부셔
일어나 맞이할 수가 없다.
입을 열어 외치지만 소리는 굳어
나는 아무것도 미리 알릴 수가 없다.

〉
가까스로 두 팔을 벌려 껴안아보는

너, 먼 데서 이기고 돌아온 사람아.

■출처 : 시집 『우리들의 양식』, 민음사(1974).

봄, 다시 살아나는 희망

봄이 되면 떠오르는 시들이 몇 편 있다. 그중에서도 이 시가 가장 먼저 마음에 스민다. 겨울의 끝자락에서 이 시를 꺼내 읽으면, 휴— 하고 안도의 숨이 절로 내쉬어진다. 그만큼 우리의 겨울은 길고 힘겨웠던 것일까. 거꾸로 이 시가 읽고 싶어진다는 건, 봄이 가까이 왔다는 증거이리라.

비가 올 때까지 기우제를 지내는 인디언들처럼, 봄이 올 때까지 간절히 기다리는 사람들이 있다. 그들에게 '봄'이라는 희망은 반드시 오고야 마는 비와 같다. 봄은 또한 "기다리지 않아도 오고/기다림마저 잃었을 때에도 온다." 역설 같지만, 우리 안에는 성숙과 성장에 이르려는 경향성이 있으며, 그것은 의식하든 하지 않든 내면에 은총처럼 작동하기 때문이다. 그러나 자연에 거스를 수 없는 순리의 의지가 있듯, 인간에게도 성장하려는 태도가 요구된다.

미국의 정신과 의사이자 영적 안내자인 스캇 펙은 『아직도 가야 할 길』에서 "삶을 통해 우리가 정신적·영적으로 성장하는 것은 오로지 문제를 통해서만 가능하다"고 말한다. 이어서 그는, 심각한 문제를 안고 있음에도 성장 의지가 강한 사람은 빠르게 치유되지만, 경미한 증상의 환자라도 성장하려는 의지가 결여된 사람은 진전이 너무 더디다고 덧붙인다.

겨울이 아무리 춥고 길어도 봄은 오듯이, 개인과 사회가 아무리

암울한 상황에 처해 있어도 "마침내 올 것이 온다."—어쩌면 그것이 세상의 이치일 것이다. 하지만 '봄'이 오려면 "다급한 사연 들고 달려가 흔들어 깨우"는 '바람'의 행동이 매개되어야 하듯, 우리 역시 변화하려면 무언가 행동해야 한다.

시인의 행동은 시를 쓰는 일이다. 그래서 이성부 시인은, 봄이 '뻘밭'이나 '물웅덩이' 같은 문제를 딛고, "한눈 팔고" "싸움도 하고" "지쳐 나자빠져 있다가"도 "마침내 온다"고, 우리가 간과했던 진실을 일깨우며 희망의 메시지를 전한다. '눈부신' 봄은 '더디'더라도, '가까스로'라도 "먼 데서 이기고 돌아온 사람"이라고.

이성부(李盛夫)는 1942년 전라남도 광주에서 태어나 2012년 영면했다. 1959년 《전남일보》 신춘문예에 「바람」이 당선되며 등단했고, 1962년 《현대문학》에서 3회 추천을 완료했으며, 1967년 《동아일보》 신춘문예에 「우리들의 양식」이 당선되었다. 경희대학교 국어국문학과에 문예장학생으로 입학했고, 《태광》·《순문학》·《시학》 동인으로 활동하며 《68문학》·《창작과 비평》에도 참여했다. 한국일보, 일간스포츠에서 편집부국장을 지냈고, 《뿌리깊은나무》 편집 주간을 역임했다. 현대문학상, 한국문학작가상, 대산문학상, 공초문학상, 영랑시문학상, 경희문학상을 수상했으며, **시집**으로는 『이성부 시집』, 『우리들의 양식』, 『백제행』, 『전야』, 『빈 산 뒤에 두고』, 『야간산행』, 『지리산』, 『작은 산이 큰 산을 가린다』, 『오늘의 양식』 등이 있다.

풀리는 한강가에서 서정주

강물이 풀리다니
강물은 무엇하러 또 풀리는가
우리들의 무슨 서름 무슨 기쁨 때문에
강물은 또 풀리는가

기러기같이
서리 묻은 섣달의 기러기같이
하늘의 얼음짱 가슴으로 깨치며
내 한평생을 울고 가려 했더니

무어라 강물은 다시 풀리어
이 햇빛 이 물결을 내게 주는가

저 민들레나 쑥니풀 같은 것들
또 한 번 고개 숙여 보라 함인가

황토언덕
꽃상여
떼과부의 무리들

여기 서서 또 한 번 더 바래보라 함인가

강물이 풀리다니
강물은 무엇하러 또 풀리는가
우리들의 무슨 서름 무슨 기쁨 때문에
강물은 또 풀리는가

■출처 :『미당시전집 1』, 민음사(1994).

상처를 헤아리는 시인의 눈길

사람은 전쟁, 재난, 학대와 같은 극단적인 상황을 겪으면 몸과
마음에 깊은 상처를 입게 된다. 특히 마음의 상처는 심리적 트라우
마로 남아, 외적 상황이 끝난 뒤에도 내면의 전쟁처럼 반복된다.
공포와 불안, 분노 속에 신경계의 각성 상태가 지속되면, 극도의
긴장이나 무기력에 빠지게 된다.

시인은 이러한 상태를 "하늘의 얼음짱"이라 부르며, "가슴으로
깨치며 한평생 울고 가려 했다"고 고백한다. 이는 생명의 안전이
확보되고, 억울한 죽음을 애도할 때까지 정신의 긴장을 늦출 수 없
다는 뜻이기도 하다. 이 시의 정서 속에는 일제강점기와 6·25 같
은 민족사적 비극의 그림자도 어른거린다.

"풀리는 한강가에서" 시인은 무심히 흘러가는 강물을 바라보며,
변화하는 자연과 변화하지 못한 인간의 내면을 조심스럽게 대비한
다. 처음엔 상처투성이인 우리 현실을 아랑곳하지 않고 풀리는 강
물에 불만을 느끼는 듯하지만, 곧 그러한 감정을 성찰의 계기로 삼
으며 시상을 펼쳐 나간다. 그렇게 그는 자연이 열어주는 미래의 전
망을 유심히 바라보며, 변화의 길을 더듬는다.

그 길은 과거의 아픈 역사를 잊지 않되, 시대의 흐름에 발맞춰
나아가야 한다는 제안이다. '꽃상여'와 '떼과부'가 남긴 아픔을 되
새기되, 엄동의 폐허 위에서도 자라나는 "민들레나 쑥니풀 같은"

민초들의 생명력을 "또 한 번 고개 숙여 보"자는 것. 그러면서 그들과 함께 다시 나아가야 한다는 시인의 깊은 응시이자, 슬픔을 껴안은 채 흐르려는 헤아림일 것이다.

시의 처음과 끝에 반복되는 질문은 시인의 마음이 오래도록 머문 자리다.

"강물이 풀리다니/강물은 무엇하러 또 풀리는가/우리들의 무슨 서름 무슨 기쁨 때문에/강물은 또 풀리는가."

이 시는 그 멈칫한 물음의 수미상관 속에, 독자도 시인의 속 깊은 헤아림에 천천히 눈길을 맞추게 만든다.

서정주(徐廷柱, 아호: 미당(未堂)·궁발(窮髮))는 1915년 전라북도 고창에서 태어나 2000년 영면했다. 중앙불교전문(현 동국대학교)에서 수학하고 숙명여자대학교에서 명예박사 학위를 받았다. 1936년 《동아일보》 신춘문예에 「벽」이 당선되며 등단했고, 이후 한국시사 명예회장을 비롯해 대한민국예술원 원로회원, 문인협회, 현대시인협회, 불교문학가협회 회장을 역임했다. 중앙대학교 문예창작과·경기대학교 대학원 교수, 동국대학교 종신명예교수로도 활동했다. 자유문학상, 5·16민족상, 동국문학상, 대한민국예술원상을 수상했으며, 2000년에는 금관문화훈장이 추서되었다. **시집**으로는 『화사집(花蛇集)』, 『귀촉도(歸蜀途)』, 『서정주 시선』, 『신라초(新羅抄)』, 『동천(冬天)』, 『질마재 신화』, 『떠돌이의 시』, 『서으로 가는 달처럼…』, 『학이 울고 간 날들의 시』, 『안 잊히는 일들』, 『노래』, 『팔할이 바람』, 『산시』, 『미당 서정주 시전집 1』, 『미당 서정주 시전집 2』, 『늙은 떠돌이의 시』 등이 있다.

샤갈의 마을에 내리는 눈 ^{김춘수}

샤갈의 마을에는 삼월에 눈이 온다.

봄을 바라고 섰는 사나이의 관자놀이에

새로 돋는 정맥이

바르르 떤다.

바르르 떠는 사나이의 관자놀이에

새로 돋은 정맥을 어루만지며

눈은 수천 수만의 날개를 달고

하늘에서 내려와 샤갈의 마을의

지붕과 굴뚝을 덮는다.

삼월에 눈이 오면

샤갈의 마을의 쥐똥만 한 겨울 열매들은

다시 올리브 빛으로 물이 들고

밤에 아낙들은

그 해의 제일 아름다운 불을

아궁이에 지핀다.

■출처 : 『金春洙 詩全集』, 민음사(1994).

꿈처럼 내리는 눈, 시처럼 건네는 사랑

건강한 사람의 삶에는 외향적 관계, 내면의 사유, 문화적 체험이라는 세 가지 영역이 있다. 그중 문화 경험은 놀이에서 출발해 예술과 학문, 종교로 이어지며, 개인의 환상을 모두가 공유하는 현실로 바꿔 놓는다. 꿈과 현실 사이, 이 경계에서 인간만의 고유한 창조성이 싹튼다. 특히 예술은 현실 원리에 의해 깨어진 꿈을 창조적 상상력을 통해 재구성하는 힘을 지닌다.

샤갈은 러시아 혁명과 세계대전을 겪으며 파리와 뉴욕을 떠돌았고, 고향에 대한 기억을 그림에 담았다. 1960년대 후반, 시인 김춘수는 그 그림을 시로 형상화했다. 오늘 우리는 그 시를 읽으며, 각자의 창조적 방식으로 감상한다.

그것은 마치 삼월의 눈처럼 계절의 경계를 뛰어넘고, '하늘'을 건너 "샤갈의 마을의/지붕과 굴뚝을 덮는다." 이례적인 이 모습은 현실의 시간으로 보면 어긋난 풍경이다. 그러나 시에서는 바로 그런 어긋남이 사랑이 되고, 환상이 되고, 다시 살아갈 힘이 된다.

그 사이 '눈'은 거목처럼 "봄을 바라고 섰는 사나이의 관자놀이에" 새 움처럼 "새로 돋은 정맥을 어루만지"기도 한다. 그 "눈이 오면", "겨울 열매들은/다시 올리브 빛으로 물이 들고/밤에 아낙들은/그 해의 제일 아름다운 불을/아궁이에 지핀다."

건강과 평화와 아름다움이 넘쳐흐르는 단어들로 이루어진, 완전히 자유로운 창조의 공간이다. 우리는 이 시적 공간에 관념시니 무의미시니 하는 라벨을 붙일 필요가 없다. 굳이 해석을 덧붙이지 않아도 된다. 있는 그대로 향수하면 그만이다.

심리학자 도널드 위니캇은 "창조적인 삶이 없다면 거기에는 정신병원에서 고독을 경험하고 있거나, 자기 안에 유폐된 삶을 살고 있는 자폐증 환자가 존재하게 될 것이다"라고 말한 바 있다. 김춘수의 이 시는 바로 그런 창조적 삶의 한 방식을 시적으로 구현한 작품이다.

샤갈의 그림이 그러했듯, 김춘수 시인의 자유로운 상상력이 만들어낸 이 시 역시 우리에게 행복한 환상의 공간을 선사한다. 그것은 고향을 잃고 고난을 겪은 사람들, 그 상처를 안고 살아가는 이들에게 건네는 치유와 위로의 환상, 곧 시인의 사랑일 것이다. 우리는 이러한 시적 환상 속에서 위로받고, 치유되어, 봄날 새 빛 아래에서 새 희망을 기약할 수 있을 것이다.

김춘수(金春洙, 아호: 대여(大餘))는 1922년 경상남도 통영에서 태어나 2004
년 영면했다. 통영공립보통학교를 졸업하고, 경성공립제일고등보통학교(현 경기
중고교)를 자퇴했으며, 일본 니혼대학교 예술학원 창작과는 중퇴했다. 이후 경북
대학교에서 명예 문학박사 학위를 받았다. 1945년 유치환, 윤이상, 김상옥, 전혁
림, 정윤주 등과 함께 《통영문화협회》를 결성하고 동인지 『노만파(魯漫派)』를 발
간했으며, 1946년 사화집 『날개』에 「애가」를 발표하면서 작품 활동을 시작했다.
1948년 동인지 『죽순(竹筍)』에 「온실」 외 1편을 발표하며 등단했다. 일제강점
기에는 불경죄로 7개월간 수감되었고, 통영중학교·마산중학교에서 교사로 근무
했으며, 경남대학교·경북대학교 교수, 영남대학교 문리대 학장, 제11대 국회 비
례대표 의원을 지냈다. 이외에도 대한민국예술원 회원, 문예진흥원 고문, 한국시
인협회 회장, 신문윤리위원회 위원, 방송심의위원회 위원장, 한국방송공사(KBS)
이사 등을 역임했다. 한국시인협회상, 자유아세아문학상, 경상남도문화상, 대
산문학상, 인촌상, 소월시문학상 특별상을 수상했으며, **시집**으로는 『구름과 장
미』, 『늪』, 『기(旗)』, 『인인(隣人)』, 『꽃의 소묘』, 『부다페스트에서의 소녀의 죽
음』, 『타령조, 기타』, 『처용』, 『처용 이후』, 『남천(南天)』, 『비에 젖은 달』, 『라틴
점묘, 기타』, 『처용단장』, 『서서 잠자는 숲』, 『호(壺)』, 『들림, 도스토예프스키』,
『의자와 계단』, 『거울 속의 천사』, 『쉰한 편의 비가』, 『달개비꽃』 등이 있다.

입춘(立春) 조병화

아직은 얼어 있으리,
한 나뭇가지, 가지에서
살결을 찢으며 하늘로 솟아오르는 싹들
아, 이걸 생명이라고 하던가

입춘은 그렇게 내게로 다가오며
까닭 모르는 그리움이
온 몸에서 쑤신다
이걸 어찌하리

어머님, 저에겐 이제 봄이 와도
봄을 이겨낼 힘이 없습니다
봄 냄새나는 눈이 내려도.

■출처 : 『조병화 시전집』, 국학자료원(2013).

봄의 문턱에서 삶을 다짐하다

　입춘(立春)은 계절이 봄에 들어섰음을 알리는 날로, 1년 24절기 가운데 첫 번째 절기이며 한 해의 시작을 의미한다. 예로부터 사람들은 이 시기에 "입춘대길(立春大吉), 건양다경(建陽多慶)"과 같은 글귀를 입춘첩으로 써서 대문이나 들보에 붙이며, 새해의 복과 안녕을 기원했다.

　여기서 '건양(建陽)'은 『주역(周易)』의 지천태괘(地天泰卦), 곧 음효 셋[坤地] 아래에 양효 셋[乾天]이 있는 괘의 '삼양(三陽)'과 연결된다. 이는 양의 기운이 점차 확장되기 시작하는 전환점을 뜻하며, 정월(正月)을 상징한다. 입춘은 음과 양의 기운이 동일한 순간이지만, 이때부터 양의 기운이 주도권을 쥐기 시작하는 시간의 문턱인 셈이다.

　입춘은 대한(大寒)과 우수(雨水) 사이에 들어 있어 여전히 겨울 추위가 가시지 않은 시기지만, 머지않아 다가올 봄에 대한 예감으로 우리의 마음을 조용히 부풀게 한다. 조병화 시인도 입춘을 "아직은 얼어 있으리"라는 구절로 시작하며, 나뭇가지의 "살결을 찢으며 하늘로 솟아오르는 싹들"이라는 생명의 기운으로 노래한다. 입춘 시기, 봄은 온몸에서 쑤시는 "까닭 모르는 그리움"으로 다가오고, 때로는 "봄 냄새나는 눈"으로도 다가온다.

　그런데 "이걸 어찌하리". "입춘은 그렇게 다가오"는데, 시인에게

는 더 이상 "봄을 이겨낼 힘이 없다." 봄날 솟구치는 생명의 기운을 감당하기엔, 그는 너무 노쇠한 것일까.

입춘은 봄의 시작이지만, 이 시에서 봄은 마냥 반가운 계절이 아니다. 생명은 다시 솟아오르는데, 화자는 그 기운을 감당할 힘이 없다고 말한다. 봄이 오는 만큼, 그는 더 또렷이 자신의 쇠약을 느낀다. 그래서 이 시는 봄의 찬가가 아니라, 봄 앞에 선 늙음과 쇠약, 그리고 존재의 애잔한 자각을 담은 시가 된다.

하지만 조 시인은 평소 자신은 "어머니의 심부름으로 이 세상에 나왔다"거나, "어머님이 계시기 때문에 영혼의 영생(永生)을 믿는다"고 말했다고 한다. 그런 시인에게 이 입춘은 또 한 번 '어머님'을 떠올리며 영생의 뜻을 되새기는 시기였는지도 모르겠다. 봄은 고목에도 꽃을 피우고, 죽은 나무에도 새싹을 돋게 하여 영원에 이르게 하나니….

공자는 "일생지계 재어유(一生之計 在於幼), 일년지계 재어춘(一年之計 在於春), 일일지계 재어인(一日之計 在於寅)"(『명심보감』 「입교편」)이라 하였다. 일생의 계획은 어린 시절에 있고, 일 년의 계획은 봄에 있으며, 하루의 계획은 새벽에 있다. 그러므로 어려서 배우지 않으면 늙어서 아는 것이 없고, 봄에 밭 갈지 않으면 가을에 거둘 것이 없으며, 새벽에 일어나지 않으면 하루에 힘써 행할 일이 없다는 뜻이다.

입춘날 새벽이다. 나이가 몇이든, 이제 다시 한 해의 계획을 세워 생활의 묵정밭을 힘써 갈아 나갈 일이다.

조병화(趙炳華, 아호: 편운(片雲))는 1921년 경기도 안성에서 태어나 2003년 영면했다. 1949년 첫 시집 『버리고 싶은 유산(遺産)』을 출간하며 등단했고, 경성사범학교를 졸업한 뒤 일본 도쿄 고등사범학교 물리화학과에서 전문학사를 취득했다. 인하대학교와 캐나다 빅토리아 주립대학교에서 명예 문학박사 학위를 받았다. 인천중학교·서울중학교에서 물리 교사로 근무했으며, 경희대학교 문리대학장 및 교육대학원장, 인하대학교 문과대학장 및 부총장을 역임했다. 또한 한국시인협회·대한민국예술원 회장, 한국문인협회 이사장, 국제P.E.N. 이사를 지냈다. 아세아문학상, 한국시인협회상, 서울시문화상, 대한민국예술원상, 3·1문화상, 대한민국문학대상, 5·16민족상 등을 수상했으며, 금관문화훈장을 받았다. **시집**으로는 『하루만의 위안』, 『인간고도』, 『밤의 이야기』, 『시간의 숙소를 더듬어서』, 『공존의 이유』, 『남남』 등이 있다.

동백에 들다 문현미

불현듯,
눈발 흩날리는 서늘한 그날에

겨울 길목을 건너온 청빛 바람이
빠른 십육분음표를 찍고 있다

첫사랑 풋풋한 속살에
환한 통증이 느린 음조로 번지고

순님이 핏방울 움찔거리며 뜨겁게
바투바투 조바심을 내는데

목젖 타오르는 어느 눈먼 순간에
모두었던 속울음 마지막 고백처럼 쏟아낸다

먼저 사랑하고
목숨의 결대로 끝까지 사랑하라!고

〉
가장 빛날 때 툭— 내려놓는
쓸쓸하게 찬란한

붉은 우주의 소멸이여

■출처 : 시집 『바람의 뼈로 현을 켜다』, 시월(2018).

쓸쓸하게 찬란한 사랑의 원형

"먼저 사랑하고/목숨의 결대로 끝까지 사랑하라!"—'동백'의 생태에 빗댄 사랑의 메시지가 치열하다.

모든 꽃이 지고, 아직 봄꽃들이 피어나기 전, 황량한 '눈발' 속에서 빨갛게 피어나 봄의 시작을 알리는 동백의 꽃말은 "그 누구보다 당신을 사랑합니다." 동백은 가난하고 추운 시절을 함께 보내는 친구라 하여 '세한지우(歲寒之友)'라고도 불린다. 어려울 때 함께해주는 사랑과 우정, 그것만큼 추위와 고독을 이겨내게 해주는 힘이 또 있을까.

동백꽃의 원이름이 산다화(山茶花)인 까닭은 그것이 차(茶)의 재료가 되기 때문일 수도 있지만, '다(茶)' 자가 소녀에 대한 미칭(美稱)으로 쓰이기도 하는 점을 보면, 동백꽃은 '산 아가씨'를 뜻하는 말일 수도 있겠다. 이미자의 〈동백아가씨〉가 그렇고, 오페라 『라 트라비아타』의 원작 소설인 알렉상드르 뒤마의 『춘희』 원제 역시 『동백꽃 아가씨(La Dame aux Camélias)』이다.

동백은 순열하지만 비극적인 사랑의 원형적 상징인 셈이다.

이 시는 제목에서부터 그러한 비극적 사랑의 주제를 내비치고 있다. 그리하여 초경 무렵의 소녀 '순님이'의 '첫사랑'은 "마지막 고백"이 되고, "가장 빛날 때 툭— 내려놓는" "붉은 우주의 소멸"이 된다. 그러나 모든 비극은, 끝내 그것이 남긴 높은 이상의 향취로 오래 기억된다.

　우리는 "쓸쓸하게 찬란한" 동백의 그 비극적 운명을 통해 어떤 아름다운 사랑의 형태를 감지하게 된다.

문현미는 1957년 부산에서 태어났다. 부산대학교 국어교육학과를 졸업하고, 독일 아헨대학교에서 문학박사 학위를 받았다. 1998년 《시와 시학》을 통해 등단했으며, 독일 본대학교 한국어학과와 백석대학교 국어국문학과 교수, 백석문화대학 부총장을 역임했다. 박인환문학상, 한국크리스찬문학상, 난설헌시문학상을 수상했으며, **시집**으로는 『기다림은 얼굴이 없다』, 『칼 또는 꽃』, 『가산리 희망발전소로 오세요』, 『아버지의 만물상 트럭』, 『그날이 멀지 않다』, 『깊고 푸른 섬』, 『수직으로 내리는 비는 둥글다』 등이 있다.

봄 헤르만 헤세

젊은 구름이 조용히 푸른 하늘을 지나갑니다.
어린이들은 노래하고 꽃들이 풀 속에서 웃음집니다.
어디를 쳐다봐도 나의 피로한 눈은
책 속에서 읽은 것을 잊고 싶습니다.

진정 책에서 읽은 어려운 것들은
모두 녹아 없어지고 겨울의 악몽에 지나지 않았습니다.
나의 눈은 생기 있게 회복하여
새로이 솟아나는 창조물을 들여다봅니다.

그러나 모든 아름다움의 허무한 것에 대하여
내 마음속에 적어 둔 것은
봄에서 봄으로 남아 있으며
어떠한 바람에도 날려가지 않습니다.

■출처 : 번역 시선집 『그대를 사랑하기에』, 민음사(1995).

영원으로 이어지는 아름다운 순간들

봄이 왔는데도 봄 같지 않다. 연일 뿌연 미세먼지가 전국을 뒤덮고 있어서, 가벼운 산책에도 마스크를 써야 하는 불편함이 봄으로부터 우리를 떼어놓고 있다.

"젊은 구름"과 "푸른 하늘"은 이제 옛이야기가 되어버렸다. 거리나 들판에서, 젊은이들의 결혼과 출산 기피 현상으로 가뜩이나 보기 힘든 '어린이들'을 찾아보기가 더욱 어려워졌다. 텔레비전의 일기예보나 휴대폰으로 날아오는 미세먼지주의보 같은 안전 안내 문자가 마음을 어수선하게 한다.

아름다운 고향의 봄은 이제 우리의 추억과 꿈속에나 있는 걸까.

오늘 나는 꿈에서조차 어려운 책을 읽었다. 어느 교수님께서 나에게 한 보따리 두 보따리의 책을 건네주었고, 나는 잘 이해되지 않는 그 책을 청중들에게 읽히고 가르치는 난감한 꿈이었다. 그 책을 읽는 사람도 읽기가 어려운지 떠듬거리고, 듣는 사람들도 듣기가 어려운지 웅성거렸다. 읽기를 멈추게 하고 모두에게 '기억 속 아름다운 순간'을 떠올려 보게 했을 때에야 강의실 안이 잠잠해졌다.

숨을 들이쉬고 내쉬면서 마음속 과거의 기억 속으로 들어갔다.

"자, 당신의 마음속 가장 아름다웠던 때를 떠올려 보세요. … 이제 거기에 조용히 머물러 봅시다."

꽃처럼 아름다운 순간들이 피어났다. 누구의 결혼식이었는지, 사랑하는 사람들이 모두 모여 단체사진을 찍는 정경이었다. 그러나 꽃구름처럼 모여 있던 그들은 곧 낙화처럼 흩어졌다. 결국 아무도 남아 있지 않게 되었다. 눈물이 왈칵 쏟아졌다. 오래 울다가 깨어났다.

화무십일홍의 허무 위에, 시대와 개인의 허무가 겹쳐진다. 하지만 시인은 "내 마음속에 적어 둔 것은/봄에서 봄으로 남아 있으며/어떠한 바람에도 날려가지 않는다"고 한다. 순진무구한 봄꽃이나 어린이들 같은, 내 마음속에 적어둔 아름다운 것들과 순간들은 영원으로 이어진다고.

천국에서는 천국 가는 길의 지도가 필요 없듯이, 봄에는 봄을 모색하는 '책'을 읽을 필요가 없다. 그런 뉴스도 들을 필요가 없다. 그때 "진정 책에서 읽은 어려운 것들은/겨울의 악몽에 지나지 않"게 될 것이다. 대신 우리는 자연의 책인 "새로이 솟아나는 창조물"을 들여다보고, 우리의 마음을 아름다움으로 가득 채우게 될 것이다.

헤르만 헤세(Hermann Karl Hesse)는 1877년 독일 슈바벤에서 태어나 1962년 영면했다. 마울브론의 신학교를 중퇴하고 칸슈타트 고등학교에서 퇴학당했으며, 이후 베른대학교에서 명예박사 학위를 받았다. 튀빙겐의 한 서점에 취직하면서 시와 산문을 쓰기 시작했고, 『페터 카멘친트』, 『수레바퀴 아래서』, 『데미안』, 『싯다르타』, 『나르치스와 골드문트』, 『유리알 유희』 등으로 세계적인 명성을 얻었다. 그의 작품은 인간의 내면 탐구와 동양적 사유, 정신적 성장의 여정을 주제로 하며, 심리학, 영성, 문명 비판이 어우러진 사색적 문체가 특징이다. 제2차 세계대전 중 반전적 메시지를 담은 작품 활동으로 주목받았으며, 1946년 노벨문학상을 수상했다. **번역시집**으로는 『그대를 사랑하기에』(정경석 역), 『헤르만 헤세 시집』(송영택 역), 『벗에게 시집을 들고』(이정순 역) 등이 있다.

멧새 막스 다우텐다이

멧새가 해를 따 먹어서
정원마다 노래가 터져 나옵니다.

멧새가 가슴마다 집을 지어서
가슴은 모두가 정원이 되어
다시 다시 꽃이 핍니다.
땅덩이에 커다란 나래가 돋치고
새로 나는 깃마다 꿈을 가져왔습니다.

세상은 모두 새가 되어
하늘에 집을 짓습니다.

나무는 푸른 군중 속에서 이야기하고
태양을 향하여 노래 부르고
태양은 모든 영혼 속에서 목욕하고
물이란 물은 불꽃같이 피어 옵니다.

〉

봄이 물과 불을 좋아하여
한꺼번에 가져왔습니다.

■출처 : 번역 앤솔로지 『모래 위에 쓴 사랑의 편지』, 글벗사(1989).

가슴마다 꽃 피는 언어의 정원

문학이란 인간의 정서와 사상을 상상의 힘을 빌려 언어로 표현한 창작물이다. 하이데거의 말을 빌리자면, "언어는 존재의 집"이며, 문학이란 곧 그 집을 짓는 일이다. 그러므로 작품에 사용된 언어가 어떠한가에 따라서 그 존재의 거처가 달라지고, 거처에 따라 존재의 위상이 달라진다. 즉, 작품에 사용된 언어가 품위 있고 아름다우며 차원을 달리하는 언어일수록, 작가는 물론 그것을 감상하는 독자 또한 보다 가치 있고 차원 높은 삶을 누리게 된다.

이 시에서 그 집은 "멧새가 해를 따 먹어서/정원마다 노래가 터져 나오는" 곳, "가슴은 모두가 정원이 되어/다시 다시 꽃이 피는" 곳이다. '꿈'과 희망과 아름다움이 가득한 그곳에서 "세상은 모두 새가 되어/하늘에 집을 짓"는다. 여기에서 "집을 짓는다"는 표현이 두 번 나오지만, 모두 땅이 아니라 '가슴마다' 그리고 '하늘에' 짓는 집이다. 그런가 하면 "나무는 푸른 군중 속에서 이야기하고", "태양은 모든 영혼 속에서 목욕한다." 이것이 가능할까? 시는 그렇게 말하고 있다.

시는 상상의 언어로 지은 가공의 집으로서, 우리는 거기에서 현실에서는 맛볼 수 없는 감동과 감흥을 통해 영원을 엿보게 된다. 그곳은 '물'과 '불'처럼 상극인 모든 것들이 조화를 이루어 상생하는, 영원한 '봄'의 집이다. 그곳은 신의 언어의 집, 대자연의 정원이다.

　시는 그렇게 말을 건다

　"아름다움은 힘이 세다"고 한다. 영혼의 기쁨이 담긴 시의 아름다움은 그 자체로 치료 효과가 있어, 가만히 음미하는 것만으로도 우리의 낡은 정신을 새롭게 해준다. 또 그러한 시의 시어와 운율은 좋은 파장을 지니고 있어, 여러 번 소리 내어 낭송함으로써 우리의 심신에 긍정적인 영향을 준다.

막스 다우텐다이(Max Dauthendey)는 1867년 독일 슈바벤에서 태어나 1918년 영면했다. 처음에는 화가를 지망했으나 23세 무렵부터 시를 쓰기 시작했으며, 《게오르게파》 동인으로 활동했다. 독일 상징주의와 인상주의의 초기 대표 시인 중 한 명으로, 리하르트 데멜, 슈테판 게오르게 등과 함께 활동하며 근대 독일시 형성에 기여했다. 사진작가이자 화가로도 활동했으며, 시에는 섬세한 감각 묘사와 환상적인 이국정조가 강하게 드러난다. 인도, 스리랑카, 일본, 멕시코 등을 여행했으며, 인도네시아 자바섬에 체재하던 중 풍토병에 걸려 객사했다.

종달새 이철균

소쩍새 소리는 외톨섬이지만

종다리는 장자(莊子)의 말씀

기층(氣層) 건반(鍵盤)을 나래로 치며

비 비 비올롱

구름이 된다

소리의 그늘은 종일토록

내 귓속에 내려와서

바다를 오므렸다 펼친다

소리방울 속엔

연(蓮)꽃이 피어 있지만

동백(冬柏)도 살아나고

모란도 핀다

그 꽃들을 가득 싣고

배는 바다를 건넜다

〉
그리하여
하늘과 땅은 널짝으로
만물(萬物)을 제물(祭物)로, 잠이 들고
얼음과 물 사이처럼
어릴 적 집에 간 것이다

■출처 : 시집 『신즉물시초』, 전북문인협회(1992).

얼음과 물 사이를 나는 마음

'비범 중의 비범'이랄까. '종달새'라는 자연물에 대한 시적 형상화가 일반의 수준을 훌쩍 뛰어넘는다. 상상력의 극대화를 통한 언어의 비약과 비상, 사유의 종횡무진과 표현의 자유자재…. 그럼에도 조화와 긴장, 예술적 아름다움을 잃지 않으니, 가히 초월의 경지다.

평생 독신으로 가난하게 살며, 신 앞의 단독자로서 시와 씨름해온 시인의 시적 성취다. 실존적 존재로서 사람은 누구나 죽음과 고통, 고립을 피할 수 없고, 때로는 허무와 무의미에 시달리며 허둥대게 된다. 하지만 시인은, 적어도 마음의 세계에서만큼은 그러한 한계를 극복하여 초탈하고자 한다. 마음이 주재하는 영원의 세계에서, 자신이 지은 언어의 집에 거주하고자 한다.

이 시에서는 종달새처럼 고고하고 자유자재하게 살고자 하는 시인의 마음을 엿볼 수 있어 좋다. "소쩍새 소리는 외톨섬이지만/종다리는 장자(莊子)의 말씀"이라든가, "소리방울 속엔" '연꽃' '동백' '모란'이 다 피어 있고, "그 꽃들을 가득 싣고/배는 바다를 건넜다"는 구절이 그렇고, "어릴 적 집에 간 것이다"라는 구절이 그렇다.

"얼음과 물 사이처럼"—이 구절은 압권이다.
누가 이 '사이'를 자유로이 통과하며, 그 경계 위에 오래 머물 수 있을까.

   시는 그렇게 말을 건다

이철균(李轍均, 아호: 유인(有人))은 1927년 전라북도 전주에서 태어나 1987년 영면했다. 전주북중학교(5년제)를 졸업한 뒤 일본 와세다대학교 제1고등학원을 수료했다. 1953년 《문예》 지에 「염원」·「한낮에」·「소리」 등이 추천 완료되며 등단했고, 이후 《남풍(南風)》을 주재하고 《인물계(人物界)》 편집에도 참여했다. 목포문태중학교와 전주고등학교에서 교사로 재직하며 교육에도 힘썼으며, 호남문학상을 수상했다. **시집**으로는 『신예물시초(新叡物詩抄)』가 있다.

돌담에 소색이는 햇발 김영랑

돌담에 소색이는 햇발같이

풀 아래 웃음짓는 샘물같이

내 마음 고요이 고운 봄 길 우에

오늘 하루 하늘을 우러르고 싶다

새악시 볼에 떠오는 부끄럼같이

시(詩)의 가슴 살포시 젖는 물결같이

보드레한 에메랄드 얇게 흐르는

실비단 하늘을 바라보고 싶다

■출처 : 2인 시집 『永郎, 龍兒 시선』, 세운문화사(1970).

우주의 숨결과도 같은 순수 서정의 극치

"북에는 소월, 남에는 영랑"이라는 말대로, 순수 서정의 극치를
보여주는 작품이다.

마음을 얼마나 섬세하게 갈고 닦아 다듬었으면 이리도 맑고 밝
고 온유할까.

우리의 마음 안에는 수시로 온갖 감정들이 일렁인다. 감정
(emotion)은 우주의 숨결과도 같은 일종의 에너지의 움직임
(E-motion)으로서, 그 자체로 좋고 나쁨을 따질 수 없는 것이다.
그러나 그것이 언제, 어떻게, 어디로 움직이느냐에 따라 단비(好
雨)가 되어 이로움을 줄 수도 있고, 해일(海溢)을 일으켜 해악을 끼
칠 수도 있다. 따라서 우리는 그 움직임의 주인이 되어 이를 조절
할 수 있어야 한다. 내가 내 마음의 주인이 되어 감정과 정서를 다
스림으로써, 이웃에게 선한 영향을 끼치고 피해를 주지 않도록 노
력해야 한다.

시인은 그것을 언어로써 행하는 사람이다. 하이데거의 지론처럼
'언어란 존재의 집'이므로, 시인은 자신의 마음을 토대로 삼아 신
의 언어의 집을 짓는다. 그러기 위해 마음속에 들끓는 온갖 부정적
인 감정들을 가라앉혀 여과하고, 정화하거나 승화해 나간다. 부단
한 글쓰기와 언어의 조탁, 마음의 조율을 통해, 세상 가운데 "돌담
에 소색이는 햇발"이나 "풀 아래 웃음짓는 샘물"처럼 따스하고 부
드럽고 영롱하게 빛나는 시를 내어놓는다.

이 대목에서 나쓰메 소세키의 소설 『풀베개』 서두를 다시 떠올려보는 것도 좋을 듯하다

"산길을 오르면서 이런 생각을 했다. 이지만을 따지면 타인과 충돌한다. 타인에게만 마음을 쓰면 자신의 발목이 잡힌다. 자신의 의지만 주장하면 옹색해진다. 여하튼 인간 세상은 살기 힘들다. 살기 힘든 것이 심해지면 살기 편한 곳으로 옮겨 가고 싶어진다. 어디로 옮겨 가도 살기 힘들다는 것을 깨달았을 때 시가 태어나고 그림이 생겨난다. … 옮겨 갈 수도 없는 세상이 살기 힘들다면, 살기 힘든 곳을 어느 정도 편하게 만들어 짧은 순간만이라도 짧은 목숨이 살기 좋게 해야 한다. 이에 시인이라는 천직이 생기고, 화가라는 사명이 주어지는 것이다. 예술을 하는 모든 이는 인간 세상을 느긋하게 하고 사람의 마음을 풍요롭게 하는 까닭에 소중하다."

김영랑(金永郎, 본명: 윤식(允植))은 1903년 전라남도 강진군에서 태어나 1950년 영면했다. 강진공립보통학교를 거쳐 조선중앙기독교청년회학관, 휘문의숙, 아오야마가쿠인 중학부를 졸업하고 아오야마가쿠인대학교 영문학과를 중퇴했다. 1930년 《시문학》 창간호에 「동백잎에 빛나는 마음」 등을 발표하며 등단했으며, 정지용, 박용철, 정인보, 이하윤 등과 함께 《시문학》 창립 동인으로 참여했다. 3·1운동에 가담하여 6개월간 옥고를 치렀고, 1950년 9·28 서울 수복 당시 유탄을 맞아 사망했다. 강진 대한독립촉성회 단장과 대한민국 공보처 출판국장을 역임했으며, 사후 건국포장과 금관문화훈장이 추서되었다. **시집**으로는 『영랑시집』, 『영랑시선』이 있다.

여자(女子)의 냄새 김소월

■출처 :『김소월전집』, 서울대학고출판부(2008).

푸른 구름의 옷 입은 달의 냄새

붉은 구름의 옷 입은 해의 냄새

아니, 땀 냄새, 때묻은 냄새,

비에 맞아 축업은 살과 옷 냄새.

푸른 바다…… 어즈리는 배……

보드라운 그리운 어떤 목숨의

조그마한 푸릇한 그무러진 영(靈)

어우러져 빗기는 살의 아우성……

다시는 장사(葬死) 지나간 숲속의 냄새.

유령(幽靈) 실은 널뛰는 뱃간의 냄새.

생고기의 바다의 냄새.

늦은 봄의 하늘을 떠도는 냄새.

모래둔덕 바람은 그물안개를 불고

먼 거리의 불빛은 달저녁을 울어라.

냄새 많은 그 몸이 좋습니다.

냄새 많은 그 몸이 좋습니다.

냄새로 기억된 위로의 이름

이 시는 우리가 익히 알고 있는 소월의 시와는 사뭇 다른 빛깔과 냄새를 지녔기에 눈길이 간다. 소월은 가난한 식민지 소지식인으로서 어떻게든 살아보려고 기를 썼으나 잘 살아지지 않는 그 아픔을, 종종 아내와 같은 여인들에게서 위로받았던 것 같다. 이 시는 그러한 "여자의 냄새"에 천착하여 형상화함으로써 위로의 근원에 가닿으려는 노력의 산물로 여겨진다.

"푸른 구름의 옷 입은 달의 냄새/붉은 구름의 옷 입은 해의 냄새"라는 시작부터 범상치 않거니와, '땀' '때' '살' '옷' '바다' '배'로 이어지는 시어들을 통해 육(肉)과 영(靈)을 아우르는 "보드라운 그리운 어떤 목숨"에 대한 형상화가 치열하다. 여기에서 우리는 후각을 시각화·촉각화하는 모더니스트로서의 그의 잠재력을 엿볼 수 있으며, 동시에 그럼에도 불구하고 전통 민요시에 몰두한 그 뜻을 짐작해볼 수 있다. 마지막 연의 '그물안개'를 거둬주는 '바람'과 "달저녁을 울어"주는 '불빛'에 이르면, 그 냄새가 그에게 얼마나 큰 위로가 되었는지 알 듯도 하다.

이 작품을 통해 고단한 일상을 끌어안고 살아갔던 일제강점기 조선 여인들의 모습을 떠올려보는 건 당연하다 하겠다. 하루하루 살아내기가 어려운 상황에서 양반입네 지성인입네 하고 생활에서 멀어진 남성들과 달리, 적극적으로 삶을 헤쳐나가는 여자들의 몸에 밴 냄새는 바로 "달의 냄새" "해의 냄새"였다. "보드라운 그리운 어떤 목숨의/…/어우러져 빗기는 살의 아우성"이었다.

김소월(金素月, 본명: 정식(廷湜))은 1902년 평안북도 정주에서 태어나 1934년 영면했다. 곽산 남산보통학교를 졸업하고 정주 오산고등학교를 수료한 뒤, 경성 배재고등보통학교를 거쳐 일본 도쿄 상과대학교를 중퇴했다. 이승훈, 조만식, 김안서 등으로부터 교육과 정신적 감화를 받았으며, 1920년 《창조》 지에 「낭인의 봄」 등을 발표하면서 등단했다. 서구 문학의 영향이 범람하던 시기, 우리 고유 정서와 언어의 울림에 기초한 민요조 시를 쓴 민족시인으로 평가받으며, 한국 근대시의 초석을 놓은 대표적인 서정시인으로 꼽힌다. 지병인 관절염의 통증을 완화하기 위해 복용하던 아편 과다로 32세에 생을 마감했다. 그의 시는 수많은 가곡으로 불리며 대중의 정서에 깊이 스며들었고, 1981년 금관문화훈장이 추서되었다. **시집**으로는 『진달래꽃』과 사후 김억에 의해 간행된 『소월시초』가 있다.

산중문답(山中問答) 신석정

― 춘궁여담(春窮餘談)

松花가루 꽃보라 지는

뿌우연 山峽.

철그른 취나물과 고사릴 꺾는

할매와 손주딸은 개풀어졌다.

〈할머이

엄마는 하마 쇠자리길 가지고 왔을까?〉

〈……………………………………〉

풋고사릴 지근거리는

퍼어런 잇빨이 징상스러운 山峽에

뻐꾹

뻐꾹 뻐억 뻐꾹

■출처 : 시집 『山의 序曲』, 嘉林出版社(1967).

순수성을 잃지 않는 참여의 정신

이 시는 산골짜기에서 할머니와 손녀가 산나물을 꺾으며 주고받는 한 벌의 문답과 뻐꾸기의 울음소리로 이루어져 있다. 즉, 조손 간에 이루어지는 산중문답과 자연의 개입이다. 그런데 '춘궁여담'이라는 부제에서 알 수 있듯이, 여기에서는 지나가는 말처럼 덧붙이는 그 문답과 소리 속에 정작 하고자 하는 말이 감추어져 있다. 따라서 독자는 그 이면에 감추어진 것을 눈치챌 수 있어야 한다. 그렇다면 우리가 드러난 상황으로부터 미루어 알아낼 수 있는 것은 무엇인가.

우선 우리는 "송화가루 꽃보라 지는"이라는 시구에서 늦은 봄철이라는 시간적 배경을 알 수 있다. 또한 "철그른 취나물과 고사릴 꺾는"다는 표현을 통해서는, 세어진 산나물밖에 먹을 게 없는 춘궁기에 처한 가족의 궁핍한 처지를 유추해 낼 수 있다. 나아가 "엄마는 하마 쇠자라길 가지고 왔을까?"라는 손녀의 물음과, 그에 대해 아무런 말도 하지 못하는 할머니의 침묵에서 부조리한 상황의 비극성을 직감하게 된다.

'쇠자라기'는 소주를 내리고 남은 술지게미로, 독해서 돼지도 먹지 않는다는 것인데, 오죽 먹을거리가 없으면 '엄마'는 그것을 구하러 나가고 아이는 그것을 기다리는 것일까. 어찌하여 이 가족은 보호해 줄 남성이 하나도 없는 모녀 삼대로만 이루어져 있는 것일까.

언제 올지 모르는 엄마를 기다리며 허기진 배를 채우기 위해 "풋고사릴 지근거리는" 아이의 "퍼어런 잇빨". 시인은 그것이 '징상스럽다'고 표현하였는데, 이는 진저리가 날 정도로 싫다는 뜻의 전라도 방언으로, 암울한 사회 현실에 대한 시인의 비판 의식을 엿볼 수 있다. 하지만 시인은 이러한 비판 의식을 직접적으로 쏟아붓거나 투쟁적으로 전개하지 않고, 뻐꾸기 소리를 끌어들여 자연에서 답을 구하고 있다.

뻐꾸기 소리는 소녀와 동일시되었던 시인(혹은 독자)의 흥분된 의식을 진정시키는 한편, 소녀 일가족의 비극적 현실로부터 거리를 제공하여 관조의 태도로 현상을 바라보게 한다. 따라서 이는 현실 도피가 아니라, 현실 초탈의 경지에서 문제의 해결 방안을 찾아가는 보다 고도한 미학적 방법으로, 자신은 울지 않으면서 독자로 하여금 더 슬피 울게 하고 더 깊이 생각하게 하는 문학적 효과를 지닌다고 할 수 있다.

이는 순수성을 잃지 않는 참여의 정신으로, 문인은 어디까지나 작품으로 참여해야 한다는 시인의 지론을 떠올리게 한다. 이것이 바로 앞서 조지훈 시인이 제시한 '그 시의 자세'이며, 시인 자신이 시집 발문에서 표현한 "나대로 저 거악(巨嶽)의 의연(毅然)한 모습으로 시에 임하는 자세"가 아닐까.

 시는 그렇게 말을 건다

신석정(辛夕汀, 본명: 석정(錫正))은 1907년 전라북도 부안에서 태어나 1974
년 영면했다. 부안공립보통학교를 졸업하고 향리에서 한학을 수학한 뒤, 중앙불
교전문강원에서 불전을 연구했다. 1931년 《시문학》지에 「선물」을 발표하며 등
단했고, 이후 《시문학》 동인으로도 참여했다. 1945년 해방 직후 '조선문화건설
중앙협의회' 결성에 참여했으며, 부안중학교에서 교사로 재직했다. 1965년 전주
시 문화장을 받은 것을 시작으로, 한국문학상, 문화포상, 한국예술문학상을 수상
했다. 전통적인 서정성과 목가적 정서를 바탕으로 자연과 인간의 내면을 깊이 있
게 조명한 시 세계를 펼쳤으며, **시집**으로는 『촛불』, 『슬픈 목가(牧歌)』, 『빙하(氷
河)』, 『산(山)의 서곡(序曲)』, 『대바람 소리』가 있다.

낙화(落花) 이형기

가야 할 때가 언제인가를
분명히 알고 가는 이의
뒷모습은 얼마나 아름다운가.

봄 한철
격정을 인내한
나의 사랑은 지고 있다.

분분한 낙화……
결별이 이룩하는 축복에 싸여
지금은 가야 할 때,

무성한 녹음과 그리고
머지않아 열매 맺는
가을을 향하여

나의 청춘은 꽃답게 죽는다.
헤어지자.
섬세한 손길을 흔들며

하롱하롱 꽃잎이 지는 어느 날

나의 사랑, 나의 결별,
샘터에 물 고이듯 성숙하는
내 영혼의 슬픈 눈.

■출처 : 시집 『낙화』, 시인생각(2013).

꽃처럼 이별하고, 물처럼 성숙하다

아름다움이란 무엇일까. 플라톤은 모든 미적 대상이 아름다움의 이데아를 나누어 가졌으며, 균형과 조화의 원리에 따라 존재한다고 말했다. 반면 스코틀랜드의 경험 철학자 데이비드 흄은 아름다움은 본질적으로 개인적이고 주관적인 감각으로, "보는 이의 눈과 마음속에 있다"고 했다. 어원 연구에 따르면, '아름다움'이란 말은 '알음(앎)+답다' 또는 '아름(私)+답다'에서 유래한 것으로, 보편성과 개별성을 함께 품고 있는 개념이라 할 수 있다.

시인은 이 시에서 아름다움 중에서도 '앎'에 주목한다. 여기서의 '앎'은 단순한 인식이 아니라, 자연의 순리를 전 존재로 받아들이는 이해이자 수용이다. 꽃이 피면 질 때가 있듯, 사람 또한 만나면 헤어질 때가 있다. 영원히 이별하지 않는 만남은 없다. 특히 "봄 한철 격정"과 같은 첫사랑은 대개 이루어지지 않기에, "결별이 이룩하는 축복에 싸여" 떠날 수 있다면 얼마나 아름다울까.

꽃처럼 빛나던 시간을 '꽃답게' 내려놓고 나아가야 할 때가 있다. 그 아픔이 얼마나 깊었으면 시인은 '죽는다'는 표현까지 사용했을까. 그러나 죽음 같은 고통을 이겨낸 자리에 "샘터에 물 고이듯 성숙하는" 무엇이 있다면, 우리는 그 자리에 희망을 기대할 수 있지 않을까. 시인이 말한 "내 영혼의 슬픈 눈"은 내면에 자리한 지혜이자 깨달음일 것이다. 꽃이 지는 고통 없이는 녹음도, 열매도 오지 않듯, 결별은 성숙을 위한 필연의 과정인지도 모른다.

이 시에서 시인은 실연과 실패를 겪고도 끝내 성장의 길을 택한 이의 결단에 대해 "얼마나 아름다운가"라며 감탄한다. 필자는 한 걸음 더 나아가, 사람은 누구나 본래부터 아름다운 존재이니 어떤 경우에도 자기를 자기답게 지키고, 스스로의 내면을 아름답게 키워가기를 당부하고 싶다.

이형기(李炯基)는 1933년 경상남도 사천군에서 태어나 2005년 영면했다. 일본 요시노 소학교를 거쳐 진주농림학교를 졸업하고, 동국대학교 불교학과를 나왔다. 1950년 《문예》지에 「비 오는 날」이 추천 완료되며 등단했고, 이후 연합신문사, 서울신문사에서 기자로 활동하고, 대한일보 정치부 차장, 국제신문사 논설위원, 월간문학 주간으로 재직했다. 또한 부산산업대학교와 동국대학교 국어국문학과 교수로 재직하며 후학을 양성했으며, 한국시인협회 회장을 역임했다. 시와 불교 사상을 결합한 상징적이고 심화된 언어 탐구로 문단의 주목을 받았으며, 문교부 문예상, 한국시인협회상, 한국문학작가상, 부산시문화상, 윤동주문학상, 공초문학상, 대한민국문학상, 대산문학상, 만해문학상, 대한민국예술원상을 수상하고, 은관문화훈장을 받았다. **시집**으로는 『적막강산』, 『돌베개의 시』, 『꿈꾸는 한발(旱魃)』, 『풍선심장』, 『보물섬의 지도』, 『그해 겨울의 눈』, 『오늘 내 몫은 우수(憂愁) 한 짐』, 『심야의 일기예보』, 『별이 물 되어 흐르고』, 『죽지 않는 도시』, 『절벽』 등이 있다.

구례구역 허형만

매화꽃 하롱하롱 떠가고

햇볕도 점점이 반짝이는

섬진강 저 여린 속내사

창포에 머리 풀듯

묏부리만 담궜다 떠나가는

멀고 깊은 지리산은 모르리

위로는 곡성이요 아래로는 순천이라

감도 없고 옴도 없는 길

오다가다 잠깐씩 가슴에 품는

알키한 기적소리

해거름녘 설핏해질 때

그 슬픔의 속내사 지리산은 모르리

■출처 : 《시안》, 2009년 가을호.

슬픈 속내를 감추고 묏부리를 씻기는

구례구역에 봄꽃들이 피어나면 여기저기에서 사람들이 모여들 곤 한다. 봄날 꽃구경은 사람구경이라고 해도 좋을 만큼, 모여드는 사람들로 또 하나의 꽃무리를 이룬다. 잔뜩 움츠러든 올봄에도 어김없이 꽃들은 피어나고, 사람들은 모여들었다. 그러나 결국 사람꽃무리 가운데 코로나19 확진자가 발생하면서 꽃축제는 줄줄이 취소되고 말았다. 축제가 취소되었어도 꽃들은 저들끼리 돌아가며 여전히 잔치 중일 것이다. 그제는 산수유마을, 어제는 매화마을, 오늘은 벚꽃마을에 꽃지짐 내음이 가득할 터이다.

탁한 세상 어딘가에 구례구역 같은 청정지역이 있다는 건 행운이다. 일상을 살아가느라 자주 찾아갈 수는 없지만, 마음속에선 언제나 그리는 곳. 오랜 고생과 고역으로 지치고 병들었을 때에야 우리는 그곳을 찾곤 한다. 그러고는 "창포에 머리 풀 듯/묏부리만 담궜다 떠나"간다. 바쁜 세상살이에 그저 "오다가다 잠깐씩 가슴에 품"을 뿐, 결코 오래 머무르지 않는다. 우리의 욕심과 욕망은 '지리산'처럼 멀고 깊어서, '섬진강'처럼 여려서 슬픈 존재들의 '속내'를 알 길이 없다.

"감도 없고 옴도 없는 길". 코로나19 대유행으로 인해 우리는 요즘 그 '슬픔'을 조금은 공감하게 되는 듯하다. 세계 곳곳에서 연일 많은 사람들의 사망 소식이 들려오고, 그보다 많은 사람들이 외부와 단절된 채 병실에서 치료를 받거나 자가격리 중이다. 비감염자라 할지라도 벌써 몇 달째 모임과 왕래를 스스로 삼가며 지내고 있다. 그러다 보니 사람 간의 만남과 소통이 얼마나 중요한지, 외롭지만 욕심 없이 제자리를 지키며 살아가는 사람들이 얼마나 소중한 존재였는지를 사무치게 깨닫게 된다.

언젠가 이 재난이 끝나고, 사람들이 구례구역 꽃구경을 마음껏 오가는 날이 반드시 오리라 믿는다. 그때까지 우리의 '슬픔'은 좀 더 길어질지도 모르겠다. 그렇더라도 우리는 기억해야 한다. "재앙 중에 배운 것, 즉 인간에게는 경멸해야 할 것보다 찬양해야 할 것이 더 많다는 것"(알베르 카뮈, 『페스트』). 그리고 세상에는, 아니 우리나라에는 제 슬프고 아픈 '속내'를 감추고, 묵묵히 '묏부리'를 씻기는 '구례구역' 같은 사람들이 많다는 것을.

허형만(許炯萬)은 1945년 전라남도 순천에서 태어났다. 순천고등학교를 거쳐 중앙대학교 국어국문학과를 졸업했으며, 1973년 《월간문학》에 「예맞이」를 발표하며 등단했다. 목포현대시연구소장, 무등포럼 공동대표, 한국시인협회 심의위원장, 광주, 전남 현대문학연구소 이사장으로 활동했으며, 계간 《시와사람》과 《서정과상상》의 편집고문을 맡았다. 중국 옌타이대학교 교환교수를 역임했으며, 현재 목포대학교 국어국문학과 교수로 재직 중이다. 전라남도문화상, 우리문학작품상, 편운문학상, 한성기문학상, 월간문학동리상, 순천문학상, 광주예술문화대상을 수상했으며, **시집**으로는 『청명』, 『첫차』, 『풀잎이 하나님에게』, 『모기장을 걷는다』, 『입맞추기』, 『이 어둠 속에 쭈그려 앉아』, 『공초』, 『진달래 산천』, 『풀무치는 무기가 없다』, 『비 잠시 그친 뒤』, 『영혼의 눈』, 『가벼운 빗방울』, 『불타는 얼음』, 『황홀』, 『바람칼』, 『뒷굽』, 『그늘이라는 말』 등이 있다.

쌍계사 벚꽃길에 우두키 서서 ^{백추자}

쌍계사 벚꽃길에 우두키 서서
떨어지는 꽃잎 같은 너를 보낸다

피어나올 적마다 어둠이던 너
떨어지는 곳마다 진흙이던 너
피고 짐이 다시 없는 빛의 나라로
떠나가는 너를 고이고이 보낸다

안개비 구름 길엔 숨은 봄 추위
홀로 가는 머언 길이 춥지 않을까
그러니까 시리고 아픈 내 마음
꽃잎 모아 한 뜸 한 뜸 입히이소서

쌍계사 벚꽃길에 우두키 서서
아미타바 부처님께 손 모아 비네

■출처 : 시집 『크레떼이유 안개 속에서』, 시문학사(2008).

선한 마음이 바로 보살의 마음

"남편을 잘못 만나면 당대 원수, 아내를 잘못 만나도 당대 원수"라는 속담이 의미하듯이, 부부의 금실이 조화롭지 못하면 원수만큼 고통스러운 관계가 된다. 그런데 뒤얽힌 관계의 실타래를 채 풀기도 전에 어느 한쪽이 먼저 급작스레 먼 길을 떠나게 되는 경우가 있다. 원수 같고 은인 같은 부부 사이, 원한을 풀 길도 은혜를 갚을 길도 없는 "머언 길"로 떠나는 사람에 대한 감정은 하나로 갈무리하기가 너무도 어려울 것이다. 그럴 때 남은 사람이 할 수 있는 건 오직 극락왕생에 대한 기원이 아닐까.

그럼에도 불구하고 "피어나올 적마다 어둠이던 너/떨어지는 곳마다 진흙이던 너"의 영혼만은 "피고 짐이 다시 없는 빛의 나라로" 들어가기를 "손 모아 비"는 시인의 마음이 너무도 고귀하고 아름답다. 이는 부부간의 정을 넘어선 보살의 자비심에서 우러난 비원으로, "나 보기가 역겨워" 가시는 님의 발 아래 "진달래꽃 아름 따다 뿌리오리다"고 한 소월의 마음에 비할 바가 아니다.

부부간에 이렇게 서로를 가엾이 여기는 마음이 있다면, 그 숱한 불화와 갈등은 훨씬 줄어들지 않을까. 중생들에게 속세의 인연, 특히 남녀의 정을 끊고 출가하여 도에 들어가기를 권고한 석가모니 부처님께서도 "아름다운 가정은 잘 꾸민 꽃밭 같다"고 하셨다. 부부로부터 출발한 가정이 그처럼 아름다운 현실의 극락을 이룰 수 있다면 좋겠지만, 그게 또 그렇게 쉬운 일만은 아닌 듯하다.

"부처(夫妻)인연은 숙세지래(宿世之來)." 불가에서 부부란 서로의 업을 풀기 위해 맺어진 관계라고 하니, 이승에서 서로 최선을 다하고 저승에서도 평안하기를 기원하는 게 도리일 것 같다. 그 선한 마음이 바로 보살의 마음이 아니겠는가.

이 시를 노래로 남기고 떠나신, 일생 불법과 노래를 사랑했던 시인의 극락왕생을 기도드린다.(노래: https://youtu.be/LuKY4TnDr5U)

백추자(白秋子, 법명: 법운화(法雲華))는 1947년 전라남도 해남군에서 태어나 2020년 영면했다. 전남여자고등학교를 졸업하고 숙명여자대학교 불어불문학과 및 동 대학원을 거쳐, 프랑스 파리 12대학교에서 불문학 박사 학위를 받았다. 1981년 《시문학》에 천료되어 등단했으며, 《원탁시》·《시누대》 동인으로 활동했다. 전남여고와 송정종합고등학교에서 교사로, 숙명여대에서는 강사로, 호남대학교에서는 초빙교수로 재직했으며, 광주문인협회 시분과위원장을 역임했다. 광주문학상을 수상했으며, **시집**으로는 『서른살』, 『통곡하는 돌』, 『거기는 눈물도 풍요로운 땅』, 『이오의 가을』, 『몽 빠르나스를 바라보며』, 『크레떼이유 안개 속에서』, 『백추자 시전집』 등이 있다.

사과 깎는 법_(法) 임미옥

사과꽃 피고 지는 늦은 봄날 아침에
나는 딸아이와 나란히 원탁에 앉았다.
세월이 갉아먹은 흠집투성이 식탁에서
나는 딸에게 사과 깎는 법을 가르친다.
인생의 환상이 아니라
실체를 보는 법을 가르친다.

무딘 칼날로는 화사한 껍질을
뚫고 들어갈 수 없다.
잘 드는 칼이라도 시작할 때는
반드시 날을 곧추세워야 하느니라.

서투른 칼질에도 재미 붙인 딸아이가
껍질을 돌려 깎다가 가녀린 손가락을 베었다.
사과나무같이 싱싱한 딸아이 손가락에
탐스러운 홍옥이 열리고
안쓰러워하는 나의 눈에서는
사과꽃이 눈물처럼 떨어진다.

〉

내 순결을 떨어뜨려

너를 열매 맺는 아픔을 아느냐.

사과 속살맛 사근거리듯

너와 내가 나란히 앉아 이야기를 나누는

인생의 참맛을 보려면

피 흘리는 손가락쯤은 붕대로 감아 매고

씨앗은 남겨두어야 하느니라.

사과꽃 피고 지는 늦은 봄날 아침에

나는 딸에게서 사과 깎는 법을 배운다.

아깝더라도 벗겨내야 하는

처녀막 같은 환상의 껍질,

그 껍질이 깎이는 아픔을 배운다.

■출처 : 시집 『사과 깎기』, 시문학사(2002).

사랑은 사과처럼 깎인다

　졸시 「사과 깎는 법」은 착상이 떠오르자 일사천리로 써 내려간 작품이다. 껍질을 깎는 이 시의 탄생을 위해 아픔의 시간이 그만큼 여물었던 까닭이리라. 환멸을 안겨주는 생활을 접어두고 습작에 매달린 지 일 년 남짓, 시, 그 화사한 껍질의 환상을 좇는 동안 아이의 눈동자는 멋모르고 따먹은 풋과일의 씨앗처럼 시위라도 하듯 그늘져 갔다.

　무언가 변화하지 않으면 모두가 질식할 것 같은 나날들이 있다. 결혼생활도 창작생활도 환상의 껍질을 깎는 성숙의 아픔이 없이는 계속할 수 없을 것이라는 깨달음이 왔다. 머지않아 달거리를 시작할 맏딸에게 "사과 깎는 법"을 가르치면서 생긴 그 자각은 자연스럽게 시작(詩作)으로 이어졌다. 야생 능금을 통째로 베어먹는 소로(Henry David Thoreau)처럼 위대하지 못한 나는, 결국 껍질을 깎는 쪽으로 가닥을 잡은 것이다. 슬기로운 사랑의 대화야말로 모두에게 유익하니까.

　계절이 봄에서 여름으로, 여름에서 가을 겨울로 흘러가듯 우리네 인생도 보드란 유소년기와 풋풋한 청년기를 지나 장년기와 중년기, 그리고 노년기로 어김없이 흘러간다. 꽃이 떨어져 열매를 맺고 열매가 자라서 씨앗을 잉태하듯이, 사람도 아이에서 어른으로 성장하여 자신의 아이를 낳고 기르며 나이들어 간다. 필자가 이 시를 쓸 무렵은 그런 인생의 순리에 대해 어렴풋이 눈을 뜰 때였다.

아이들을 양육하고 그들이 성장하는 것을 지켜보면서, 그것을 모티프로 삼아, 부족하나마 순리에 따라 성숙해가는 인생에 대해 표현하고자 했다.

한데 인간의 생리적인 면과는 달리 인격의 성장과 성숙은 자연의 흐름처럼 그렇게 일괄적으로 저절로 이루어지는 것은 아닌 듯하다. 밝혀진 바에 따르면, 생후 9개월경 소와 침팬지는 각각 뇌의 99.9%와 60%가 발달한 데 비해 사람 아기의 뇌는 25%밖에 발달하지 않는다고 한다. 사람의 인격은 그만큼 개별화의 차이와 발달 가능성의 영역이 엄청나다는 사실의 증거로 여겨진다. 사람은 자연과 다르게 수만 갈래의 차이와 가능성을 가지고 있고, 인격의 성장이란 그 차이를 인식하고 가능성을 끊임없이 발달시켜 가는 데서 이루어지는 것이리라.

사람이란 죽는 날까지 변화하고 성장하는 존재다. 그런 과정에서 우리는 때로 '사과꽃'처럼 '화사한' 꿈을 내려놓아야 하고, 자기희생의 "껍질이 깎이는 아픔"을 겪기도 해야 한다. 인격이란 자기중심성의 환상을 벗고 현실의 관계 속에서 조화를 이루어나가는 데서 드러나는 것일 테니까. 부모에서 자식으로 흐르는 내리사랑 속에서, 거울에 비춰보듯 나를 보게 되는 아이들의 모습을 통해 내 인격의 키를 가늠해본다.(노래: https://youtu.be/rrgG7lWDGwk)

임미옥(林美玉, 세례명: 마리아)은 1960년 전라남도 진도에서 태어나 광주에서 성장했다. 전남여자고등학교와 전남대학교 불어불문학과를 졸업하고, 나사렛대학교 재활복지대학원에서 문학치료학 석사 학위를 받았다. 1998년 월간 《시문학》에 「사과 깎는 법(法)」 외 4편이 당선되어 등단했으며, 계간 《문학사계》 편집장을 역임했다. 2013년부터 용산 아이파크문화센터에서 시·수필 창작 강의를 진행하며 글쓰기 공동체를 운영해 왔다. 현재 '나를 쓰는 글쓰기 − 통합 창작 여정'을 이끌며, 존재의 깊이를 문학으로 길어내는 창작과 치유의 길을 동반하고 있다. 가톨릭영성심리상담사이자 문학치료사로도 활동 중이다. 제8회 한송문학상을 수상했으며, **시집**으로 『사과 깎기』, 『첼로꽃』, 『눈의 나라 설화』가 있고, 시 해설 시리즈 『임미옥의 시적 동행』을 펴내고 있다.

목재소에서 박미란

고향을 그리는 생목들의 짙은 향내
마당 가득 흩어지면
가슴 속 겹겹이 쌓인 그리움의 나이테
사방으로 나동그라진다

신새벽,
새떼들의 향그런 속살거림도
가지 끝 팔랑대던 잎새도 먼 곳을 향해 날아갔다
잠 덜 깬 나무들의 이마마다 대못이 박히고
날카로운 톱날 심장을 물어뜯을 때
하얗게 일어서는 생목의 목쉰 울음

꿈 속 깊이 더듬어 보아도
정말 우린 너무 멀리 왔어

눈물처럼
말갛게 목숨 비워 몇 밤을 지새면
누군가 내 몸을 기억하라고 달아놓은 꼬리표
날마다 가벼워져도

〉

먼 하늘 그대,

초록으로 발돋움하는 소리 들릴 때

둥근 목숨 천천히 밀어올리며

잘려지는 노을

어둠에도 눈이 부시다

■출처 : 시집 『그때는 아무것도 몰랐다』, 시인동네(2014).

우리의 세계는 거대한 목재소

　산업화 시대를 사는 현대인들은 대부분 자연을 떠나 규격화한 도시 생활을 하면서, 세분된 직업에 종사하고 획일화한 노동을 하며 살아간다. 그 결과 인간소외 현상이랄까, 인간성의 상실이라고 할까. 온전한 생명력을 지닌 인간의 본질은 망각된 채 한낱 부품이나 상품으로 전락한 면이 없지 않다. 이는 마치 산속 나무들이 벌목되어 도시의 목재소로 실려와, 말려지고 켜지고 잘게 쪼개지는 과정에서 그 본질을 잃는 것과 흡사하다.

　인간성에 본질이라는 건 없으며 오직 매 순간의 실존이 있을 뿐이라고 말하는 사람들도 있다. 하지만 매 순간 실존을 선택할 수 있는 것도 인간이기에 가능하지 않을까. 또한 나무는 인간이 아니기에 본질 외에 실존은 없다고 할 수도 있겠다. 그러나 나무가 땅에 뿌리내리고 살아 있는 한 그에게도 자신의 진로를 선택할 어느 정도의 자유는 있지 않을까.

　인간이든 나무든 생명이 있는 모든 존재, 어쩌면 돌과 같은 무생물까지도 매 순간 신의 의지와 자신의 의지를 결합하여 존재함으로써 비로소 충만해지는 건 아닐까. 그런데 현대인의 지나친 인간중심주의와 자유의지(욕심)는 오히려 이를 파괴하는 건 아닐까. 그리하여 어느덧 우리의 세계는 거대한 목재소가 되고 있는 건 아닐까. 필자의 이러한 의문과 염려를 시인은 이 시에서 '목재소에서'라는 제목을 걸고 실감나게 표현하였다.

아마존의 원시림이나 보르네오의 열대우림 속 거목들이 전기톱에 의해 잘려져 넘어지는 모습을 텔레비전에서 본 적이 있다. 마치 거대한 코끼리나 기린이 일순간에 쿵 하고 쓰러지는 듯해서 가슴이 몹시 아렸다.

이 시에서 시인은 목재소 마당에 흩어져 나뒹굴고 있는 생목들을 보면서 그들과 하나 되어 그 향수와 아픔과 슬픔을 동감하고 있다. 물질화한 세계 속에서 본연의 자아를 상실한 채 괴로워하는 나무들, 즉 사람들에게 "꿈 속 깊이 더듬어 보아도/정말 우린 너무 멀리 왔어"라고 공감을 표시하기도 한다. 사회학적 상상력과 시적 감정이입의 능력이 없다면 불가능한 일이다. 나아가 세상이 어떻게 자신을 무력하게 만들지라도, 끝까지 자신의 본질을 잃지 않으려는 치열한 의지가 "잘려지는 노을"처럼, "어둠에도 눈이 부시다".

박미란(朴美蘭)은 1959년 강원도 태백 황지에서 태어났다. 계명대학교 간호학과와 계명대학교 대학원 문예창작학과를 졸업했다. 1995년 《조선일보》 신춘문예에 「목재소에서」가 당선되어 등단했으며, 《선율문학》 동인으로 활동했다. 현재 계명대학교 동산병원 수간호사로 재직 중이다. **시집**으로는 『그때는 아무것도 몰랐다』, 『누가 입을 데리고 갔다』가 있다.

고장난 시계 _{권운지}

　고장난 시계를 고치려고 시계점엘 들렀더니 잃어버린 시간들이 그곳에 다 있었다. 그 집 주인은 낡은 내 시계를 열어보더니 건전지를 갈아 끼워야 한다고 했다. 내 시계의 건전지를 갈아 끼우는 동안 그 집의 뻐꾸기시계가 뻐꾹, 뻐꾹 크게 울었다. 아슴푸레 뻐꾸기 소리를 따라가다가 나는 그만 길을 잃고 만다. 뻐꾸기 소리의 길은 고장난 시계 속의 길, 그 길은 소로(小路)다. 나는 몸을 구부려 그 길로 들어섰다. 긴긴 회랑 끝에서 한 아이가 걸어 나왔다. 산밭으로 가는 길에는 우윳빛 안개가 끼어 있고 아직은 찔레순이 여리다. 찔레순을 잡는 아이의 손등에 투명한 이슬이 맺혔다. 주인은 웃으며 야구르트를 권한다. 야구르트의 빨대 속으로 찔레꽃 향기가 빨려 나왔다. 주인은 가느다란 핀셋으로 낡은 내 시계 속에서 찔레꽃 한 잎을 들어냈다. 내 시계의 건전지를 갈아 끼우는 동안 내가 만난 아이의 몸에는 찔레꽃이 피고 있었다. 꽃피는 시간 속으로, 시간을 맞추어 드릴까요? 건전지를 교환한 내 시계를 그 집주인이 건네줄 때, 뻐꾸기 소리의 밖으로 문을 열고 나오지만 나는 다시 길을 잃는다.

■출처 : 시집 『갈라파고스』, 만인사(2011).

멈추었을 때에야 찾게 되는 시간들

초고속통신망, 초고속카메라, 초고속충전기, 초고속택배…. 언제부터인가 '초고속'이라는 단어는 '신속', '고속'이라는 말을 제치고 우리 삶 속으로 빠르게 스며들어 어느새 일상을 차지하게 되었다. 주어진 시간의 속도를 높여서 보다 나은 삶을 살아보자는 의도일 텐데, 그게 꼭 좋은 것만은 아닌 것 같다. 분초를 다투는 속도 경쟁에 내몰리는 사람들의 숨이 턱에 걸리고, 광속으로 달아나는 속도를 따라잡지 못하는 사람들의 어깨는 축 처진다. 속도에 길들여진 사람들은 점점 참을성을 잃어간다. 여유롭던 우리의 시간들은 다 어디로 간 것일까.

시인은 "잃어버린 시간들"이 다 '시계점'에 있었다고 한다. 그리고 그곳엔 또 다른 '길'이 있었다고 한다. 시계가 고장 나 멈추었을 때에야 비로소 찾게 되는 시간들, 문명의 바퀴에 침범당하지 않은 "고장난 시계 속의 길"이다. 그것은 "뻐꾸기 소리의 길"이요 '소로(小路)'다. 그 속에는 "한 아이"가 있으며, "아직은 여린 찔레순"이 있다. 바로 유년의 시간이고, 순수한 찔레꽃의 길이다.

"긴 회랑 끝에서 한 아이가 걸어 나왔다. 산밭으로 가는 길에는 우윳빛 안개가 끼어 있고 아직은 찔레순이 여리다. 찔레순을 잡는 아이의 손등에 투명한 이슬이 맺혔다."라는 표현이 놀랍도록 신선하다. 시에서 화자가 마치 최면에 걸린 듯 시간의 경계를 뛰어넘어 회상의 세계로 들어가 보게 된 장면이다. '시계점'에서 "내 시계의 건전지를 갈아 끼우는 동안 … 뻐꾹, 뻐꾹 크게 울었다.”는 ‘뻐꾸기 시계’ 소리가 최면술사의 회중시계 역할을 하였다. 이 대목에서부터 독자는 화자의 진술을 따라 한 편의 환상동화를 보는 듯한 느낌을 받게 된다.

그러나 환상은 언제나 깨게 마련, 우리는 “주인이 웃으며 야구르트를 권한” 순간 서서히 현실로 돌아온다. 환상과 현실 사이에 “찔레꽃 향기”와 “찔레꽃 한 잎”의 잔향과 잔영이 어리고, 찬란히 불타오르다 사라지는 유성처럼 마지막으로 “내가 만난 아이의 몸에는 찔레꽃이 피고 있”는 장면이 떠오른다. 모두가 명백히 현실로 돌아와야 하는 그때, 환상은 다시 한번 현실에 뭉개지며 깨어남을 재촉한다.

“꽃피는 시간 속으로, 시간을 맞추어 드릴까요?”
그럴 수 없는 우리는 또다시 지나치게 눈부신 문명 속에서 “길을 잃는다.”

권운지(權芸之)는 1951년 경상북도 문경에서 태어났다. 문경여자고등학교와 안동교육대학교를 졸업하고, 영남대학교 교육대학원을 수료했다. 1977년 《현대시학》에 「어머니의 바다」·「겨울산행」 등을 발표하며 등단했으며, 경상북도 금릉 개령서부초등학교 교사, 동부교육지원청 교육국장을 역임했다. 한국문인협회·한국여성문학인회 회원이며, 《자연시》 동인으로 활동했다. 대구시인협회상을 수상했으며, **시집**으로는 『소작인의 가을』, 『빈 집의 나날』, 『갈라파고스』가 있다.

사랑의 물리학 ^{김인육}

질량의 크기는 부피와 비례하지 않는다.

제비꽃같이 조그마한 그 계집애가
꽃잎같이 하늘거리는 그 계집애가
지구보다 더 큰 질량으로 나를 끌어당긴다.
순간, 나는
뉴턴의 사과처럼
사정없이 그녀에게로 굴러 떨어졌다
쿵 소리를 내며, 쿵쿵 소리를 내며

심장이
하늘에서 땅까지
아찔한 진자운동을 계속하였다.
첫사랑이었다.

■출처 : 시집 『사랑의 물리학』, 문학세계사(2016).

별들이 우주의 중력장에서 춤을 추듯, 사랑…

시인의 발상은 사람의 마음과 관계의 역학에 물리학을 끌어들임으로써, 신선한 충격을 안긴다. 이 시를 통해 우리는 과거 음풍농월이나 하던 시에서 벗어나, 인간의 온갖 감정에서부터 역사, 사회, 정치, 우주에 이르기까지 사유의 지평을 넓혀가는 현대시의 한 면모를 엿볼 수 있다.

우주의 모든 물체 사이에는 서로를 끌어당기는 힘이 작용한다. 뉴턴은 이를 '만유인력'이라 했고, 지구상의 어떤 물체와 지구 사이의 그것을 '중력'이라 불렀다. 중력의 방향은 지구의 중심이며, 그 크기는 물체의 질량이 클수록, 지구와 물체 사이의 거리가 가까울수록 커진다고 하였다. 그래서 '뉴턴의 사과'는 하늘로 날아가지 않고 땅으로 떨어졌다.

아인슈타인은 이 중력을, 질량이 큰 물체가 시공간을 휘게 만들어 생기는 효과에 불과하다고 보았다. 말하자면 태양계는 태양이라는 거대한 질량이 만들어낸 시공간의 중력장 속을, 지구와 같은 행성들이 맴도는 공간인 것이다.

우리 은하계에만 약 2,000억 개의 태양계가 있고, 관측 가능한 우주에는 이러한 은하계가 1,000억 개 이상 존재한다고 한다. 양자역학, 끈이론, 암흑에너지, 다중우주론 등 현대물리학은 가설과 증명을 거듭하며 눈부시게 발전 중이다. 우리는 그 성과 덕분에 지금 너무도 편리하고 흥미로운 문명 속에 살고 있다. 그런데, 그런 세상에서 시란 무슨 소용이 있을까? 사랑은 또 어떤 의미가 있을까?

 하지만 "질량의 크기는 부피와 비례하지 않는다." 그리고 물질로 구성된 우주 만물에 중력의 법칙이 작용하듯이, 정신으로 구성된 인간의 마음에도 무언가 작용한다. 우리는 그것의 이름을 무엇이라고 부르면 좋을까. 이 시에서 화자는 그것을 '사랑'이라고 부르고, 필자는 그것을 '시'라고 불러본다.

 "제비꽃같이 조그마한 …/꽃잎같이 하늘거리는 그 계집애"가 '나'를 끌어당기는 힘. 그것은 첫사랑이며, 동시에 시이다. 물리적 질량은 작지만, 심리적 질량은 "지구보다 더 큰" 그것으로 인해 휘어진 마음의 시공간에서 화자는 "아찔한 진자운동을 계속하였다"고 고백한다. 마치 수많은 별들이 우주의 중력장에서 춤을 추듯, 사랑에 빠진 화자는 '그녀'의 중력장에서 아찔한 마음의 춤을 춘다. 그 춤이 얼마나 찬란히 빛났을지, 상상만 해도 벌써 눈이 부시다.

김인육(金寅育)은 1963년 울산에서 태어났다. 경남대학교 사범대학 국어교육과를 졸업하고, 고려대학교 교육대학원에서 석사 학위를 받았다. 2000년 《시와 생명》을 통해 등단했으며, 서울대학교 사범대학 강사를 역임하고, 현재 서울 양천고등학교 교사로 재직 중이다. 계간 《미네르바》 편집위원으로 활동하고 있으며, 교단문예상을 수상했다. **시집**으로는 『다시 부르는 제망매가』, 『잘가라, 여우』, 『사랑의 물리학』이 있다.

구름의 타자기 손택수

마라톤을 가장 잘 이해하는 건 구름이다

구름은 지치는 법이 없다

고물상 한쪽 녹슨

마라톤타자기,

비구름이 낡은 소파에 앉아 원고를 쓰고 있다

무슨 마감이라도 임박했는지 타닥탁탁

자판 두드리는 소리 끊어지지 않는다

자판 위에서 튕겨오르는 빗줄기,

희미하게 마모된 자음과 모음이

들판을 파고든다 드르륵

갈아끼운 들판 위로 스적스적 돋아나는 풀잎들,

도톰해져가는 꽃망울들, 그가

두드리는 말들은 모두

한 발 한 발 땅을 짚는 방식으로 태어난다

진맥이라도 하듯 제 몸의 건반을 꾸욱 눌렀다 떼면서

음악에 가까워져가는 마라톤

낙오했으면 낙오한 대로 자신의 보폭을 따라간다

잊혀진 타자기는 이제 자신의 육체

지워져 들판의 뿌리를 덮는 말들,

타닥탁탁 빗줄기가 연방 관절을 꺾었다 편다

■출처 :《시인수첩》, 2012년 봄호.

구름과 시인은 동격

사물에 대한 관찰력과 통찰력이 빼어나다. 게다가 관찰하고 통찰한 사물들을 연관시키는 능력 또한 탁월하다. 손 시인은 섬세한 관찰력과 뛰어난 통찰력을 바탕으로, 전혀 관련 없어 보이는 사물들 사이에서 유사성과 동질성을 포착해 서로 연결함으로써 새로움을 창조하고, 인생의 어떤 진실을 드러낸다.

이 시에서 '구름'과 '타자기'는 덩어리진 윤곽이 닮아 있고, 그로부터 파생된 '빗줄기'와 "자음과 모음"은 무언가('들판', '자판')를 두드려 '소리'와 '의미'를 생성한다는 점에서 유사하다. 시인은 이 유사성에 착안해 "구름의 타자기"라는 제목을 창안하고, 그것들이 의미를 생성하는 과정의 동질성으로부터 '마라톤'이라는 개념을 끌어낸다. 그렇게 시인의 내면과 세계를 관통하는 마라톤의 은유를 시 속에 녹여낸다.

현대시에 있어 제목 또한 하나의 창작이다. 적절한 제목은 막연한 시상을 구체화하고, 모호한 주제를 분명히 하여 시의 밀도를 높인다.

구름이 비로써 '들판'을 두드리듯, 시인은 시상으로 '자판'을 두드린다. "구름의 타자기"는 '풀잎들'과 '꽃망울들'을 생성하고, 시인의 타자기는 '말들'과 시를 창조해낸다. 구름의 존재 의의가 식물의 생성에 있다면, 시인의 존재 의의는 시의 생성에 있다. 그러므로 구름과 시인의 타자기는 "자신의 육체(가)/지워져 들판의 뿌리를 덮"을 때까지 "연방 관절을 꺾었다 펴"며 마라톤을 계속한다. 그래서 구름과 시인은 동격이다.

어쩌면 모든 존재는 그 자체보다, 그것이 생성하고 창조해내는 결과물 속에서 더 깊은 의의를 지니는지도 모른다. 무화과나무가 무화과 열매를 맺음으로써 과실수로서 존재를 증명하듯, 구름은 비를 내려 식물을 번성케 하고, 시인은 시상을 펼쳐 시를 창작함으로써 자신의 존재 의의를 드러낸다.

다만 그 과정은 마라톤이다. 끝까지 가야 승부를 알 수 있고, 승부 이전에 저마다의 페이스를 따라 인생이라는 긴 길 위에서 "지치는 법이 없"이 "한 발 한 발 땅을 짚는 방식으로 태어"나야 하며, "낙오했으면 낙오한 대로 자신의 보폭을 따라" "자신의 육체가 지워져 들판의 뿌리를 덮"을 때까지 가야 하는 고독한 경주다.

손택수(孫宅洙)는 1970년 전라남도 담양에서 태어났다. 경남대학교를 졸업하고 부산대학교 대학원 국어국문학과를 수료했다. 1998년 《한국일보》 신춘문예에 「언덕 위의 붉은 벽돌집」이 당선되며 등단했으며, 현재 《실천문학사》 대표로 활동하고 있다. 수주문학상, 부산작가상, 현대시동인상, 신동엽창작상, 육사시문학상 신인상, 애지문학상, 이수문학상, 노작문학상을 수상했다. **시집**으로는 『호랑이 발자국』, 『목련 전차』, 『나무의 수사학』, 『떠도는 먼지들이 빛난다』, 『나의 첫소년』, 『붉은빛이 여전합니까』가 있다.

쓰는 즐거움 비스와바 쉼보르스카

이미 종이 위에 쓰여진 숲을 가로질러

이미 종이 위에 씌어진 노루는 어디로 달려가고 있는가?

투사지처럼 자신의 입술을 고스란히 투영하는 옹달샘,

그곳에서 이미 씌어진 물을 마시러?

왜 노루는 갑자기 머리를 쳐들었을까? 무슨 소리라도 들었나?

현실에서 빌려온 네 다리를 딛고서

내 손끝 아래서 귀를 쫑긋 세우고 있다.

"고요"—이 단어가 종이 위에서 버스럭대면서

"숲"이라는 낱말에서 뻗어나온 나뭇가지를

이리저리 흔들어놓는다.

혹시라도 잘못 연결될 수도 있는 글자들이

하얀 종이 위에서 도약을 위해 웅크리고 있다.

겹겹이 포위된 문장들은

구조를 허락하지 않을 것이다.

잉크 한 방울, 한 방울 속에는

꽤 많은 여분의 사냥꾼들이 눈을 가늘게 뜬 채 숨어 있다.

그들은 언제라도 가파른 만년필을 따라 종이 위로 뛰어 내려가

노루를 포위하고, 방아쇠를 당길 만반의 준비가 되어 있다.

사냥꾼들은 이것이 진짜 인생이 아니라는 걸 잊은 듯하다.

여기에선 흑백이 분명한, 전혀 다른 법체계가 지배하고 있다.

눈 깜빡할 순간이 내가 원하는 만큼 길게 지속될 수도 있고,

총알이 유영하는 찰나적 순간이

미소한 영겁으로 쪼개질 수도 있다.

만약 내가 명령만 내리면 이곳에선 영원히

아무 일도 일어나지 않으리라.

내 허락 없이는 나뭇잎 하나도 함부로 떨어지지 않을 테고,

말발굽 아래 풀잎이 짓이겨지는 일도 없으리라.

그렇다, 이곳은 바로 그런 세상.

내 자유 의지가 운명을 지배하는 곳.

신호의 연결 고리를 동여매어 시간을 만들어내고,

내 명령에 따라 존재가 무한히 지속되기도 하는 곳.

쓰는 즐거움.

지속 가능성.

하루하루 죽음을 향해 소멸해가는 손의 또 다른 보복.

■출처: 번역 시선집 『끝과 시작』, 문학과지성사(2021).

우리는 모두 창조주의 펜 끝에 있는 존재

"하루하루 죽음을 향해 소멸해가는" 시인은 필멸의 존재로서, 글쓰기를 통해 주어진 짧은 순간이나마 창조주와 같은 즐거움을 만끽하고 있다. 종이와 잉크와 만년필, 단어와 문장을 가지고, 또한 시인의 스피릿(spirit, 정신)과 에스프리(esprit, 기지)를 가지고 '숲'과 '노루'와 '옹달샘'과 '사냥꾼'을 창조하고 그들의 모든 행위를 통제한다. 그는 심지어 '시간'마저 지배한다. 이곳에서 시인은 절대자요 창조주다.

"그렇다, 이곳은 바로 그런 세상. 내 자유 의지가 운명을 지배하는 곳."

"여기에선 흑백이 분명한, 전혀 다른 법체계가 지배하고 있다."

이곳에는 자연 체계마저 오직 '나(시인, 절대자, 창조주)'의 '명령'에 의해 움직인다.

이 시는 매우 중의적이다. 표면적으로, 시인은 창조자로서 자신의 권능과 자유를 마음껏 발휘할 수 있는 "글쓰기의 즐거움"에 대해 경쾌하게 묘사하고 있다. 그러나 그렇게만 읽는다면 그것은 어디까지나 표면적인 감상과 이해에 머무르는 것. 실은 시인은 그러한 절대성, 절대 권력에 대해 고도의 비유와 풍자로써 일침을 날리고 있는 것 같다. 그러니까 이 시는 그런 절대성의 폭압에 대한 "하나의 보복"인 셈이다.

"이 사냥꾼들은 이것이 진짜 인생이 아니라는 걸 잊은 듯하다."
는 구절에서, 작가는 물론 독자도 문득 정신을 차린다. 만일 "진짜
인생"이 아닌 현실 속에서 누군가가 사냥꾼처럼 독재와 폭압을 저
지르고 있다면, 그 또한 정신을 가다듬어야 할 일이다. 그들은 실
은 작가의 만년필 끝에 있고, 작가를 포함한 우리 모두는 창조주의
펜 끝에 있는 존재이므로.

글쓰기는 우리를 겸허해지게 한다. 그러니 쓰라.

마리아 비스와바 안나 심보르스카(Maria Wisława Anna Szymborska)는
1923년 폴란드 브닌에서 태어나 2012년 영면했다. 야기엘론스키 대학교를 중
퇴했으며, 이후 주간지 편집자로 활동했다. 1996년 노벨문학상을 수상했다. **시
집**으로는 『우리가 살아가는 목적』, 『100번의 즐거움』, 『여기』 등 12권이 있으
며, 사후 유고 시집으로 『충분하다』가 출간되었다.

2부 여름

청포를 입고
찾아온 손님

청포도(青葡萄) 이육사

내 고장 칠월(七月)은
청포도가 익어가는 시절

이 마을 전설이 주저리주저리 열리고
먼 데 하늘이 꿈꾸며 알알이 들어와 박혀

하늘밑 푸른 바다가 가슴을 열고
흰 돛단배가 곱게 밀려서 오면

내가 바라는 손님은 고달픈 몸으로
청포(青袍)를 입고 찾아온다고 했으니

내 그를 맞아 이 포도를 따 먹으면
두 손은 함뿍 적셔도 좋으련

아이야 우리 식탁엔 은쟁반에
하이얀 모시 수건을 마련해두렴

■출처 : 시집 『육사시집 청포도 오리지널판』, 스타북스(2016).

전설이 된 청포도 이야기

"햇빛에 바래면 역사가 되고, 달빛에 물들면 신화가 된다"는 말이 있다. 그렇다면 '전설'은 어떻게 이루어질까. 신화가 신의 이야기라면, 전설은 인간의 이야기이다. 신화가 주인공의 신성을 강조한다면, 전설은 그의 인간성에 초점을 맞춘다.

신화는 인간적인 경험과 시공을 초월하여 존재하지만, 전설은 특정한 인물의 구체적인 시간과 공간 속에서 이루어진다. 그러기에 전설은 흔적과 증거 속에서 살아 숨쉰다.

이 시 속의 전설은 "내 고장 칠월"의 '청포도'를 통해 재현된다. '청포도'로 증거되는 그는 실은 "청포를 입고 찾아온 손님"이다. 그가 오기 위해서는 "하늘이 꿈꾸며 들어와 박혀"야 했고, "푸른 바다가 가슴을 열"어야 했다. 그런데 그는 왠지 "고달픈 몸"을 하고 있다. 그는 신이 아닌 인간이기에, '익어가기'까지 결코 쉽지 않은 과정을 겪었음을 알 수 있다.

그런 전설의 주인공을 맞이하겠다는 시인의 마음은 "은쟁반에 하이얀 모시 수건"처럼 정갈하고도 아름답다.

"나는 이 가을에도 아예 유언을 쓰려고는 하지 않소. 다만 나에게는 행동의 연속만이 있을 따름이오. 행동은 말이 아니고, 나에게는 시를 생각한다는 것도 행동이 되는 까닭이요."

피와 땀으로 쓰인 이육사 시인의 이 글귀는, 오늘 우리에게 전설처럼 다가온다.

이육사(李陸士, 본명: 원록(源祿))은 1904년 경상북도 안동에서 태어나 1944년 영면했다. 조부에게 한학을 수학하고, 보문의숙을 졸업했으며, 대구 교남학교와 베이징 사관학교를 중퇴했다. 이후 베이징대학교 상과에서 수학했다. 1925년 비밀결사 '의열단'에 가입하고, 조선은행 대구지점 폭파사건에 연루되어 검거되었다. 이때 수인번호 264를 받아 '육사(陸士)'라는 호를 사용하게 되었다. 전 생애를 통틀어 17회나 투옥되었으며, 끊임없이 항일 투쟁과 문학 활동을 병행했다. 1930년 《조선일보》에 「말」(필명: 이활(李活))을 발표했고, 1935년 《신조선》에 「황혼」을 발표하며 본격적으로 등단했다. 같은 해 『다산문집』 간행 및 편집에 참여했으며, 중외일보사, 조광사, 인문사 등에서 근무했다. 1937년 신석초, 윤곤강, 김광균 등과 함께 동인지 『자오선』을 발간했다. 그의 독립운동과 문학적 공로를 기려 1990년 건국훈장 애국장이 추서되었다. **유고 시집**으로는 『육사시집』(1956)이 있다.

파초(芭蕉) 김동명

조국을 언제 떠났노,
파초의 꿈은 가련하다.

남국(南國)을 향한 불타는 향수(鄕愁),
너의 넋은 수녀(修女)보다도 더욱 외롭구나.

소낙비를 그리는 너는 정열(情熱)의 여인(女人),
나는 샘물을 길어 네 발등에 붓는다.

이제 밤이 차다.
나는 또 너를 내 머리맡에 있게 하마.

나는 즐겨 너를 위해 종이 되리니,
너의 그 드리운 치맛자락으로 우리의 겨울을 가리우자.

■출처 : 시선집 『김동명 시선』, 지식을만드는지식(2012).

서로의 겨울을 덮는 치맛자락

"같은 병을 앓으니 서로 불쌍히 여기고, 같은 걱정이 있으니 서로 구해 주네. 놀라서 날아오르는 새들은 서로 따르며 날아가고, 여울을 따라 흐르는 물은 그로 인하여 다시 함께 흐르네(同病相憐 同憂相救 驚翔之鳥 相隨而飛 瀨下之水 因復俱流)."
— 『오월춘추(吳越春秋)』「합려내전(闔閭內傳)」

중국 고시 「하상가(河上歌)」의 정조처럼, 이 시에서 화자는 대상인 파초에 감정을 이입하여 동병상련의 정서를 길어 올린다.

시문학에서 감정이입(感情移入, empathy)이란 시인이 자신의 감정을 화자에게 싣고, 그 감정을 다시 대상에게 투영하여 마치 그 대상이 스스로 느끼고 생각하는 것처럼 표현하는 기법이다. 이 시에서 시인(화자)은 떠나온 조국에 대한 '향수'를 파초에 이입시켜 시상을 풀어나간다. 특히 이 시에서는 대상과 화자가 같은 병을 앓고 있는 남녀의 모습으로 나타난다. 대상인 파초가 여성의 이미지라면, 그것을 바라보는 '나', 곧 화자는 남성의 모습으로 그려진다.

일찍이 분석심리학자 융(Carl Gustav Jung)은 그의 책 『심리 유형』에서 "매우 여성적인 여성은 남성적 영혼을 갖고, 매우 남성적인 남성은 여성적 영혼을 갖는다"고 했다. 즉, 모든 사람의 무의식 깊은 곳에는 반대 성의 특성을 지닌 내적 인물(아니마/아니무스)이 자리하며, 그것이 각자의 영혼의 특성을 드러낸다는 것이다.

그렇다면 김동명 시인의 내면에는 파초와 같은 아니마가 자리하고 있다. 그것은 '가련하'고 '외롭'게 된 "정열의 여인"처럼, 무언가를 '꿈'꾸고 기도하며 '그리는' 여성적 영혼의 특성을 드러낸다고 하겠다. 반면에 시에서 "샘물을 길어 (소낙비를 그리는) 네 발등에 붓고", "밤이 차"므로 "너를 내 머리맡에 있게" 하는 화자는 행동과 의지를 드러내는 주체로서, 시인의 의식적 자아를 보여준다고 할 수 있다.

이처럼 파초와 나, 시인의 아니마와 의식적 자아는 공감과 대화를 통해 서로를 보완하다가 마침내 '우리'로 통합된다. 그 통합을 통해 "놀라서 날아오르는 새들"이나 "여울을 따라 흐르는 물"처럼 고난을 떨치고 나아가는 길을 마련한다.

"나는 즐겨 너를 위해 종이 되리니"라는 화자의 고백은, 개인으로서 '가련한' 내면을 스스로 돌보겠다는 다짐이자, 이웃으로서 '넋'이 '외로운' 존재들을 섬기겠다는 자세이며, 더 나아가 국민으로서 '조국'의 회복을 위해 자신을 내어놓겠다는 헌신의 선언이다. '나(화자, 시인의 자아)'의 이러한 결심이 먼저 이루어질 때, "너(파초, 시인의 아니마)의 그 드리운 치맛자락"—'꿈'꾸고 '불타'며 "소낙비를 그리는"—은 "우리(개인들과 국가)의 겨울을 가리울" 수 있는 보호막이 된다.

　그러므로 외부에서 환란을 당했을 때, 내면으로 돌아와 자아를 성찰하고 시를 써 내려가는 일은 결코 무의미하지 않다. 오히려 그것은 어둠 속에서도 스스로를 지켜내고, 타인을 위로하며, 끝내 우리 모두의 생을 지탱하게 해주는 가장 조용하고도 단단한 힘이다.

김동명(金東鳴, 아호: 초허(超虛))은 1900년 강원도 명주에서 태어나 1968년 영면했다. 1923년 《개벽》에 「당신이 만약 나에게 문을 열어 주시면」 등을 발표하며 등단했다. 함흥 영생중학교를 졸업하고, 일본 아오야마학원 신학과를 졸업했다. 이후 평안도 강서 소학교 교원, 함흥 서호중학교 교장, 이화여자대학교 교수, 초대 참의원 의원을 역임했다. 삶과 문학을 통해 서정성과 정신성의 깊이를 아울렀으며, 아시아자유문학상을 수상했다. **시집**으로는 『나의 거문고』, 『파초』, 『삼팔선』, 『진주만』, 『목격자』, 『내 마음』 등이 있다.

또 다른 고향 ^{윤동주}

고향에 돌아온 날 밤에
내 백골이 따라와 한방에 누웠다.
어둔 방은 우주로 통하고
하늘에선가 소리처럼 바람이 불어온다.

어둠 속에 곱게 풍화작용하는
백골을 들여다보며
눈물 짓는 것이 내가 우는 것이냐
백골이 우는 것이냐
아름다운 혼이 우는 것이냐

지조 높은 개는
밤을 새워 어둠을 짖는다.

어둠을 짖는 개는
나를 쫓는 것일 게다.

〉

가자 가자

쫓기우는 사람처럼 가자

백골 몰래

아름다운 또 다른 고향에 가자.

■출처 : 시집 『하늘과 바람과 별과 詩』, 더스토리(2016).

또 다른 고향으로 가기 위해 어둠을 짖다

윤동주 시인은 "지조 높은 개는/밤을 새워 어둠을 짖는다."고 썼다. 개에게 어째서 지조가 높다고 하는가? 그것은 개가 어둠에 저항하기 때문이다.

처음 그는 "고향에 돌아온 날 밤에/내 백골이 따라와 한방에 누웠다."고 한다. '백골'처럼 무력하게 삭아가는, '풍화작용하는' 자신의 모습을 바라보며 괴로워한다. 그러던 중 어둠 속에서 짖어대는 개의 소리를 듣는다. 그때 시인은, 어둠 속에서 아무런 행동도 하지 못하고 있는 자신에 비해 "밤을 새워 어둠을 짖는" 개가 오히려 '지조'가 높다고 느낀다. 그 "지조 높은 개"가 짖고 있는 '어둠'이 바로 '자기 자신'이라는 자각에 사로잡히며, '쫓기우는' 기분에 빠진다. 어둠에 맞서지 못하는 자는 곧 어둠이라는 인식 때문이었으리라.

이 시에는 어둠의 속박에서 벗어나, 맞서 싸우고자 하는 시인의 간절한 바람이 서려 있다. 마지막 연의 '가자'라는 동사 반복은, 마침내 "지조 높게" 행동하고자 하는 결의를 보여준다. 시인이 가고자 했던 "아름다운 또 다른 고향"은 바로 독립 투쟁을 통해 자유를 회복한 조국, 해방된 고향이었다.

실제로 그는 이 시를 쓴 이듬해인 1943년, 독립운동 혐의로 일경에 체포되어 복역하다가 1945년 2월 16일, 일본 후쿠오카 형무

 시는 그렇게 말을 건다

소에서 스물일곱의 나이로 사망한다. 그가 그토록 염원하던 조국 해방을, 불과 반 년 앞두고서였다.

윤동주는 지금, 그의 고향 북간도에 백골로 누워 있다. 그러나 그곳은 그가 꿈꾸던 해방 조국의 "또 다른 고향"이 아니라, 언제부터인가 중국 땅이 되어버린 "또 다른 타향"일 뿐이다. 그럼에도 우리는 지금껏 그를 타향에 무심히 방치해왔다. 심지어 2019년에는 초등학교 6학년 도덕 교과서에서 그를 '재외 동포 시인'으로 기술하기까지 했다. 어쩌다 이런 일이 벌어진 것일까?

대한민국 임시정부 임시헌장의 전문은 "대한민국의 강토는 대한의 고유한 판도로 한다."였다. 이 '고유한 판도'에는 고조선·부여·고구려·발해를 거치는 동안 한민족이 다스려온 만주와 요동, 요서 지역까지 포함되어 있었다. 윤동주가 태어나 시혼을 키운 간도 역시 당연히 그에 포함되었다.

그러나 윤동주의 고향 간도는, 그가 태어나기 전인 1909년, 일제가 청나라와 맺은 간도협약에 의해 청의 영토가 되었다. 광복 후 1948년 제정된 헌법은 "대한민국의 영토는 한반도와 그 부속도서로 한다"고 명시했다. 이로써 간도는 대한민국의 강역에서 사라졌다.
우리의 강역은 한반도로 축소되었고, 그마저도 분단된 채 오늘에 이르렀다. 그리고 결국 우리는, 그토록 순결한 민족시인을 '재외 동포 시인'이라 부르고 있는 것이다.

　이 시 앞에서 우리는 모두 죄인이다. 무능한 현실로 시인을 죽음으로 내몬 것도, 무지한 역사 인식으로 그를 아직도 "쫓기우는 사람"으로 방치하고 있는 것도, 우리다. 지금이라도 우리는 "지조 높은 개"가 되어야 한다. 윤동주를 사랑한다면, 우리 또한 "밤을 새워" 나와 내 백골, 내 혼의 어둠을 향해 짖어야 한다.
　나는 지금, 역사의 현실 속에서 "밤을 새워 어둠을 짖고" 있는가?

윤동주(尹東柱, 아호: 해환(海煥), 세례명: 프란시스코)는 1917년 만주 간도성 명동촌에서 태어나 1945년 영면했다. 1927년 잡지 《새 명동》을 제작했으며, 1934년 「초 한 대」·「삶과 죽음」·「내일은 없다」 등을 썼다. 1935년 《숭실활천》에 시 「공상」을 기고하고, 1937년 《조선일보》에 「달을 쏘다」·「자화상」, 《경향신문》에 「쉽게 쓰여진 시」가 입선되었다. 문예지 《새동명》·《은화식물》 동인으로 활동했다. 명동소학교를 졸업하고 은진중학교를 중퇴한 뒤 평양 숭실중학교에 편입했으나 신사참배 강요로 자퇴하고, 광명중학교와 서울 연희전문학교 문과를 졸업했다. 이후 도쿄 릿쿄(立教)대학교 영문학과를 수학하고, 교토 도시샤(同志社)대학교 영문학과에 편입하였다. 1943년 독립운동 혐의로 일제 경찰에 검거되어 1944년 교토 지방재판소에서 2년형을 언도받았고, 1945년 2월 16일 큐슈 후쿠오카 형무소에서 옥사했다. 1990년 건국훈장 독립장이 추서되었고, 1999년 한국예술평론가협의회가 선정한 '20세기를 빛낸 한국의 예술인'에 이름을 올렸다. **유고 시집**으로는 『하늘과 바람과 별과 시』가 있다.

오감도(烏瞰圖) 이 상

― 시 제1호

十三人의兒孩가道路로疾走하오.

(길은막달은골목이適當하오.)

第一의兒孩가무섭다고그리오.

第二의兒孩도무섭다고그리오.

第三의兒孩도무섭다고그리오.

第四의兒孩도무섭다고그리오.

第五의兒孩도무섭다고그리오.

第六의兒孩도무섭다고그리오.

第七의兒孩도무섭다고그리오.

第八의兒孩도무섭다고그리오.

第九의兒孩도무섭다고그리오.

第十의兒孩도무섭다고그리오.

第十一의兒孩가무섭다고그리오.

第十二의兒孩도무섭다고그리오.

第十三의兒孩도무섭다고그리오.

十三人의兒孩는무서운兒孩와무서워하는兒孩와그리케뿐이모혓소.

(다른事情은업는것이차라리나앗소.)

〉

그中에一人의兒孩가무서운兒孩라도좃소.

그中에二人의兒孩가무서운兒孩라도좃소.

그中에二人의兒孩가무서워하는兒孩라도좃소.

그中에一人의兒孩가무서워하는兒孩라도좃소.

(길은뚫닌골목이라도適當하오.)

十三人의兒孩가道路로疾走하지아니하야도좃소.

■출처 :『정본이상문학전집』, 소명출판(2009).

시대의 불길한 징후에 대한 경보

이 시는 원래 건축기사였던 시인 이상이 새 '조(鳥)'자 '조감도(鳥瞰圖)'라고 썼던 것을, 문선 과정에서 까마귀 '오(烏)'자로 오식하여 '오감도(烏瞰圖)'로 굳어진 것이라는 설이 있다. 하지만 필자는 시인이 의도적으로 조어(造語)하여 '오감도'로 썼다는 데 확신을 둔다. 그 이유는 무엇보다 먼저, 시인이 1934년 이 시를 발표하기 이전에 쓴 「조감도」 연작(1931년, 《조선과 건축》)이 따로 있기 때문이다. 다음으로, 시인이 모더니스트로서 기존 전통을 해체하는 미래파 운동에 영향을 받아 왔고, 의식의 심층을 탐구하는 시를 주로 창작했으며, 그의 시적 자아가 조감(鳥瞰)·투시(透視)하고 있는 세계가 너무도 불길하다는 까마귀의 경보가 이 시는 물론, 「오감도」 15편 전체에 일관되게 나타나 있기 때문이다.

"그야 이제 오직 눈에 보이는 것만 섬기는 이 백성들에게/자신이 별로 볼일 없는 날짐승이 된 것을 잘 알지만/그나마 당신이나 내가 예언과 경보의 제구실을 버리면/이 백성들은 독수리의 밥이 되고 말 것이니"

— 구상, 「까마귀 6」 중에서

구상 시인의 「까마귀 3」에서도 그렇듯, 까마귀는 예언의 새이자 경보의 새이다.

그런 점에서 「오감도」 연작의 서시에 해당하는 이 시는, 시대의 위험을 감지하는 심층의 예언서처럼 읽힌다.

시는 "13인의 아이"가 차례차례 "막다른 골목"이 있는 "도로로 질주"하며 '무섭다고' 말하는 매우 단순한 보고문 형식을 취하고 있다. 평자들은 보통 이 문장을 중심으로, 시가 시인 자신을 포함한 현대인의 막연한 실존적 불안과 공포를 표현했다고 해석한다.

하지만 필자는 여기서 몇 걸음 더 들어가, 이 시를 시인의 심층 심리에 들어 있는 공포를 극대화하여 시대의 불길한 징후를 경고하는 경보로 읽는다. 마치 연극 극본처럼 짜여 있는 이 시에서 시인은 초감각적 심안(心眼)을 지닌 까마귀가 되어, 시대라는 무대를 꿰뚫어 보며 경고하는 해설자가 된다. 그러므로 이 시는 시인 개인의 과잉된 자의식의 표출을 넘어, 일제강점기 민족공동체의 위기에 대한 일종의 묵시록이라 할 수 있다. 그렇다면 시인은 이 시를 통해 무엇을 알려 주고자 한 것일까?

이 시가 쓰인 1930년대 초반, 일제는 식민 통치 체제를 더욱 공고히 하기 위해 1920년대부터 표방하던 문화정치를 계속하면서 갖은 민족 분열 정책을 펼쳤다. 여러 민족단체를 분열시키고 어용화했으며, 민족주의 세력을 흔들어 대일 타협화 여론을 조성하는가 하면, 친일 세력을 육성해 분열을 심화시켰다. 그로 인해 우리 민족은 내부로부터 갈라져 서로를 미워하고, 믿지 못하게 되었으며, 서로가 서로에게 무서운 존재가 되어 서로를 경계하게 되었다. 시인은 바로 이러한 상황을 묵시함으로써, 우리 민족의 정신을 각성시키려 한 것이 아니었을까.

　이러한 해석의 근거는 "무서워하는 13인의 아해" 나열 직후의 문장에서 찾을 수 있다.
　"십삼인(十三人)의아해(兒孩)는무서운아해(兒孩)와무서워하는아해(兒孩)와그러케뿐이모혓소."
　여기에서 중요한 것은 '13'이라는 숫자와 '모혓소'라는 말이다.

　유대-기독교 전통에서 12는 완전한 균형과 신적 질서를 상징하는 숫자이다. 구약에서는 이스라엘 12지파가, 신약에서는 예수의 12제자가 그것이다. 그러나 '13'은 불길함을 상징한다. 12에 1이 추가됨으로써 그 완전한 질서가 깨뜨려졌기 때문이다. 예컨대 '최후의 만찬'의 13번째 손님 유다는 은전 30냥에 예수를 팔아넘긴다. 그 배신으로 공동체는 분열되고, 예수는 십자가 처형을 당한다.

　한편, 시 속의 '모혓소(모였소)'라는 말에서는 공동체를 유추할 수 있다. 공동체는 운명과 생활, 목적을 함께하는 조직체이다. 그러나 그 안에 악한 세력이 침입해 분열을 일으키면, 공동체는 쉽게 무너진다. 「오감도」에서는 "13인의 아해" 중 누군가가 '무서운' 배신자일지도 모른다는 두려움이 강하게 암시되어 있고, 이로 인해 공동체의 구성원들이 서로를 의심하고 경계하는 시대적 불안이 압축되어 있다.

　당시 우리 민족공동체는 일제의 책동으로 사분오열되었고, 그로 인한 내적 공포는 지금까지도 이어져 공동체의 회복을 가로막고

　시는 그렇게 말을 건다

있다. 악한 세력은 언제든 시기와 질투, 증오와 배신, 음모와 협잡으로 공동체를 파괴하려 한다.

그렇다면 우리는 어떻게 해야 할까. 저마다 막다른 골목을 향해 달리는 질주를 멈추고, 조용히 자신을 성찰하고 참회하는 시간을 가져야 한다. 그리고 머뭇거림 없이 공동체를 향한 사랑의 실천으로 나아가야 한다. 분열과 탐욕이 일치와 나눔보다 앞서면 그 공동체는 오래갈 수 없다. 우리는 이 단순한 진실을 반드시 기억해야 한다.

「오감도」 속 '13'은 과거의 일제강점기만을 가리키지 않는다. 그때 민족공동체를 파괴했던 그 '하나의 이질적 세력'은, 지금도 여전히 우리 안에 다른 이름으로 존재하고 있다. 남과 북, 좌와 우, 동과 서, 남성과 여성, 세대와 세대 사이를 갈라놓는 모든 균열은, 이상 시인이 예언했던 그 "무서운 아해"의 얼굴을 지금도 쓰고 있는 것이다. 이 시는 단순한 초현실적 난해시가 아니다. 「오감도」는 한국 근현대사의 공동체 붕괴를 꿰뚫어 본 묵시록이며, 지금 이 순간까지도 유효한 예언의 시다.

이상(李箱, 본명: 김해경(金海卿))은 1910년 서울에서 태어나 1937년 영면했다. 보성고등보통학교와 경성고등공업학교(현 서울대학교 공과대학) 건축과를 졸업했다. 1931년 《조선과 건축》에 「이상한 가역반응」과 「파편의 경치」를 발표하며 등단했다. 이무영, 유치진, 조용만, 이태준, 김기림, 정지용 등과 함께 《구인회》 회원으로 활동했고, 《시와 소설》 창간호의 편집과 발간에도 참여했다. 시, 소설, 수필 등 다양한 장르에서 약 2,000여 편에 이르는 작품을 남겼다. 한국 문학에서 미래파 자의식 문학의 선구자로 평가받으며, 무의식 메커니즘을 시 세계에 도입하여 시의 영토를 확장하는 데 기여했다. 조선총독부 내무국 건축과와 관방 회계과 기수로 일했으며, 제비다방을 운영하고, 창문사 문예담당으로도 재직했다. 혼인 후 일본으로 건너갔다가 사상 불온 혐의로 구속되면서 지병이 악화되어 도쿄 제국대학 부속병원에서 27세로 생을 마감했다. **유고 시집**으로는 『이상선집』(김기림 편집)과 『이상시전작집』(이어령 편집)이 있다.

까마귀 3 ^{구 상}

나는 비탈산, 거친 들판을 헤매면서
썩은 고기와 죽은 벌레로 배를 채우며
종신서원(終身誓願)의 고행수도(苦行修道)를 하는 새다.

까옥 까옥 까옥 까옥

너희는, 영혼의 갈구(渴求)와 체읍(涕泣)으로
영영 잠겨 버린 나의 목소리가
불길을 몰아온다고 오해하지 말라
오직 나는 영통(靈通)한 내 심안(心眼)에 비친
너희의 불의(不義)가 빚어내는 재앙을
미리 알리고 일깨워 줄 따름이다.

까옥 까옥 까옥 까옥

— 오늘도 나는 북악(北岳) 허리 고목(古木) 가지에 앉아
너희의 눈 뒤집힌 세상살이를 굽어보며
저 요르단 강변 세례자 요한의
그 예지(豫智)와 진노(震怒)를 빌려서 우짖노니

〉

　　─ 이 독사의 무리들아 회개하라!

하느님의 때가 가까이 왔다.

속옷 두 벌을 가진 자는 한 벌을 헐벗은 사람에게 주고

먹을 것이 넉넉한 사람은 굶주린 이와 나누어 먹고

권세가 있는 사람은 약한 백성을 협박하거나, 속임수를 쓰지

말 것이요.

나라의 세금은 헐하고 공정하게 매겨야 하며

거둬들임에 있어도 부정(不正)이 없어야 하느니라.

까옥 까옥 까옥 까옥

■출처 : 시집 『까마귀』, 홍성사(1981).

나를 넘어, 까마귀의 눈으로 세계를 보다

예로부터 우리나라에서 까마귀는 신령한 새로 여겨졌고, 미래를 예언하는 능력을 지닌 존재로 인식되었다. 『삼국유사』에는 "까마귀가 비처왕을 인도하여 못 가운데서 나온 노인으로부터 글을 쓴 봉투를 받아 보고 목숨을 건지도록 하였다"는 이야기가 실려 있으며, 지통이라는 승려에게 까마귀가 나타나 영축산으로 인도한 일화도 전해진다. 이처럼 까마귀는 앞일을 미리 알리고, 해야 할 바를 일깨워주는 예언자로 등장한다.

이 시에서 화자인 '나'는 자신을 "종신서원의 고행수도를 하는 새"로 말하며, "요르단 강변 세례자 요한"에 비유한다. "세례자 요한"은 구상 시인의 세례명이기도 하다. 곧 까마귀는 시인의 영적 정체성을 함축하는 상징인 셈이다.

그러한 까마귀는 "영혼의 갈구와 체읍으로/영영 잠겨버린 목소리"로 존재하며, "너희의 불의(不義)가 빚어내는 재앙을/미리 알리고 일깨워 주는" 예언자의 사명을 감당한다. 그렇다면 오늘도 "눈 뒤집힌 세상살이를 굽어보며" "까옥 까옥 까옥 까옥" 울부짖는 그 까마귀가 전하고자 하는 메시지는 무엇인가.

"속옷 두 벌을 가진 자는 한 벌을 헐벗은 사람에게 주고/…/권세가 있는 사람은 약한 백성을 협박하거나, 속임수를 쓰지 말 것이요."
여기에 필자는 평생 인간의 정체성을 고민해온 사회심리학자 에

릭 에릭슨의 말을 덧붙이고 싶다.

"지상에 있어서 시간과 공간에 제약된 정체성과는 구별되는 '초월적 아이덴티티'를 생각하라."

사회 속에서 인간은 '살아 있는 나'라는 일관된 감각, 곧 정체성을 형성하며 살아간다. 그것은 타자와 공동체와의 관계에서 자라난다. 그러나 때로 그 정체성은 배타적 경계를 형성하며, 타자에 대한 차별과 폭력을 낳는다.

어떤 집단이든 스스로를 '초월적 아이덴티티'의 체현자라고 믿고 행동할 때, 위험은 시작된다. 강하게 내면화된 신념을 중심으로 유대감을 형성한 집단이, 스스로를 초월적 진리의 대변인이라 여기는 순간, 말은 칼이 되고, 믿음은 경계가 된다.

절대적 신념에 뿌리내린 집단은 자신들을 '진리를 구현하는 존재'로 믿으며, 타자를 심판하는 일을 마치 사명처럼 수행한다. 세상의 어둠을 몰아내겠다는 정의감으로. 그러나 빛이 강할수록, 그늘은 더 짙어진다.

자신들만이 선택받은 존재라 여기는 맹신, 오직 자신들만이 구원받을 수 있다는 신념, 그 절대화는 결국 회개를 촉구하던 입을 심판을 내리는 손으로 바꾼다.

그때, 까마귀의 울음은 예언이 아니라 저주가 되고, 경고는 폭력의 예고가 된다.

우리는 어디까지나 한계성을 지닌 인간으로서, 항상 상대성과 관계성을 자각하며 살아야 한다. 지금 우리의 생각과 행동은, 초월적 아이덴티티—곧 정의와 사랑이라는 보편적 인간 가치에 비추어 볼 때 정당한가.

한국전쟁 당시, 흑인과 백인들 사이에서 언어는 통하지 않았지만 "모두 같은 인간"이라는 감각 속에 형제애를 느꼈다는 구상 시인처럼, "북악의 고목 가지에 앉아" 세상을 굽어보는 까마귀처럼, 우리는 언제나 '나'를 벗어나 보다 넓은 세계를 조망하려는 노력 속에 살아야 한다.

구상(具常, 본명: 상준(常浚), 아호: 운성(雲城), 세례명: 세례자 요한)은 1919년 서울시 종로구에서 태어나 1923년 함경남도로 이주했으며, 1947년 월남하여 2004년 영면했다. 원산 성베네딕도수도원 소신학교를 수료하고, 일본 니혼대학 전문부 종교과를 졸업했다. 1946년 원산 문학가동맹 해방기념시집『응향』에「여명도」·「길」·「밤」을 발표하면서 필화를 겪었고, 이후『백민』에「발길에 채운 돌멩이와 어리석은 사나이와」를 발표하며 본격적으로 창작 활동을 시작했다. 북선매일신문사 상임고문, 육군정보국 북한특보 편집책임, 승리일보 제작, 영남일보 주필 겸 편집국장 등을 역임했으며, 효성여대, 서울대, 서강대, 하와이대, 가톨릭대, 중앙대 등에서 교수로 재직했다. 한국문인협회 고문, 대한민국예술원 회원, 국제펜클럽 한국본부 고문, 박정희대통령기념사업회 이사, 흥사단 명예단우로도 활동했다. 서울시문화상, 대한민국문학상, 대한민국예술원상, 금성화랑무공훈장, 국민훈장 동백장, 금관문화훈장을 수상 및 수훈했다. **시집**으로는『구상시집』,『초토의 시』,『까마귀』,『나는 너에게 너는 나에게』,『드레퓌스의 벤치에서』,『모과 옹두리에도 사연이』,『구상연작시집』,『개똥밭』,『구상시 전집』,『다시 한 번 기회를 주신다면』,『유치찬란』,『저런 죽일 놈』,『오늘 속의 영원, 영원 속의 오늘』,『인류의 맹점에서』,『구상무상』 등이 있다.

검은 평화 ^{장영창}

무지개 아래—
한가새 꽃을 밟고
나는 털이 검은 들개가 되고 싶다.

허릿뼈로 시간(時間)과 세기(世紀)를 감촉하는
개가 아니고

애장터 가시나무 빨간 딸기 뒤로
퍼렇게 흘러오는 강(江)물을 목쉬게 짖고
연기(煙氣) 검게 올리며 타버린 사당(祠堂)터 재를
주둥이로 네 발로 피나게 허쳐 뿌리고 뿌리고

햇빛 쓰고 호수(湖水)물 부풀어 비치는
쟁끼의 슬픈 목털을 물어 흔들고 나서

나는 먼 들끝
홀로 귀 기울이고 바람속에 앉아

〉
사람의 울음소리를

눈 감아 듣고 싶어라.

■출처 : 시집 『임과 검은 평화와 강』, 동지사(1972).

울부짖는 평화의 들판

"제2차 세계대전이 끝나고 우리는 일제로부터 해방되었다. 평화가 온 것이다. 그러나 내가 태어났고 또 내가 자랐던 집이 농민들의 폭동에 의해서 산산히 파괴되고 마는 그런 비운을 나는 맛보아야 했다. 부농이라는 것이 그 탓이었다. 해방 후의 평화라고 하는 것이 나에게 있어서는 '검은 색깔'의 것이 되고 말았다."

시인은 이 시를 쓰게 된 배경을 시작 노트에 이렇게 토로하고 있다. 제국주의의 억압으로부터 벗어난 해방 공간의 평화가 공산주의의 폭력에 의해 검게 먹칠되고 만 비극적 상황을 드러낸 것이다.

실제로 국제코뮤니스트들은 민족이나 국가를 인정하지 않는다. 그들은 이를 '반혁명적 신화'라 부르며, 민족주의나 애국주의는 노동자와 농민을 신화에 동원해 계급투쟁을 차단하고 착취하는 수단일 뿐이라고 말한다. 따라서 민족이나 애국은 코뮤니스트 활동과 양립할 수 없다고 여긴다.

일제강점기 좌익 공산주의자들에게 민족해방은 프롤레타리아 혁명의 전 단계일 뿐, 본질은 계급투쟁에 있었다. 그래서 해방의 공간마저 다시 피로 얼룩지게 된 것이다.

이에 시인은 "나는 인간이 아니라 차라리 개가 되고 싶었다"(시작 노트)라고까지 토로한다. 순진하게 기대했던 '평화'라는 "무지개 아래/한가새 꽃을 밟고”, “타버린 사당터 재를/주둥이로 네 발로 피나게 허쳐 뿌리”는 “들개가 되고 싶다”고 울부짖는다.

도대체 이념이 무엇이기에 민족을 부정하고, 혈연을 해치며, 생명을 죽이는 걸까. 시인은 인간이 개만도 못해진 슬픈 현실을 목도하며, 인간됨 자체를 부정하게 된다. 그리하여 인간의 것이라 믿고 추구했던 모든 아름다움과 연민조차 “물어 흔들고” 싶어진다.

그렇게 인간적인 모든 것을 철저히 부정한 후에야 시인은 “먼 들 끝/홀로 … 바람속에 앉아” “사람의 울음소리”를 듣고 싶어 한다. 그 잔악함 속에서도 끝내 찾고 싶은 것은 결국 ‘사람’이며, 어떤 광풍에도 사라지지 않는 사람의 사람다움이기 때문이리라.

순진함 가운데 닥쳐왔던 “검은 평화”를 “하얀 평화”로 바꾸어 자리 잡게 할 수 있을까. 그러기 위해 우리는 무엇을, 어떻게 해야 할까.

그 물음 앞에서, 마하트마 간디의 편지글은 하나의 길을 조용히 건넨다.

“무저항의 저항은 우리의 강인함에서 나오는 것이며, 그것이 사티아그라하로 설명된다는 사실을 인식하고 있는 이는 소수에 불과합니다. 대부분의 사람들에게 사티아그라하는 단순히 무저항(비폭력) 저항으로 받아들여지는데, 이는 폭력의 수단을 사용하기에는 그들이 너무 나약하기 때문입니다."

장영창(張泳暢, 아호: 천심(天心))은 1920년 전라북도 김제에서 태어나 1995년 영면했다. 강경상업고등학교를 졸업하고, 일본 니혼대학교 예과 및 도쿄 세이소쿠 영문과에서 수학했다. 1948년 시집 『어느 지역』을 간행하며 등단했다. 조선식산은행 조사부와 리더스다이제스트사에 근무했으며, 한국일보 조사부장, 주간 종교 편집국장, 시 전문지 월간 《풀과별》 주간을 역임했다. 《통일문학회》와 《청파문학회》 동인으로도 활동했다. **시집**으로는 『어느 지역(地域)』, 『이 꽃을 위하여』, 『임과 검은 평화와 강』, 『호남평야』가 있다.

서곡(序曲) 토마스 트란스트뢰메르

깨어남은 꿈으로부터의 낙하산 강하.

숨막히는 소용돌이에서 자유를 얻은 여행자는

아침의 녹색 지도 쪽으로 하강한다.

사물들이 확 불붙는다. 퍼덕이는 종달새의 시점에서

여행자는 나무들의 거대한 뿌리 체계를,

지하의 샹들리에 가지들을 본다.

그러나 땅 위엔 녹음,

열대성 홍수를 이룬 초목들이 팔을 치켜들고

보이지 않는 펌프의 박자에 귀 기울인다.

여행자는 여름 쪽으로 하강하고,

여름의 눈부신 분화구 속으로 낙하하고,

태양의 터빈 아래 떨고 있는

습기 찬 녹색 시대들의 수갱(竪坑) 속으로 낙하한다.

시간의 눈 깜빡임을 관통하는

수직 낙하 여행이 이제 멈추고,

날개가 펼쳐져

밀려드는 파도 위 물수리의 미끄러짐이 된다.

청동기시대 트럼펫의

무법의 선율이

바닥없는 심연 위에 부동(不動)으로 걸려 있다.

햇볕에 따뜻해진 돌을 손이 움켜잡듯,

하루의 처음 몇 시간 동안 의식은 세계를 움켜잡을 수 있다.

여행자가 나무 아래 서 있다.

죽음의 소용돌이를 통과하는 돌진 후,

빛의 거대한 낙하산이 여행자의 머리 위로 펼쳐질 것인가?

■ 출처 : 번역 시선집 『기억이 나를 본다』, 들녘(2004).

빛의 낙하산을 향해 돌진하는 꿈의 여행자

동서고금을 막론하고 '꿈'과 '깨어남'에 대한 해석은 다양했
다. 고대와 중세에는 '꿈'을 신의 뜻을 계시하는 수단으로 여겼
다. 기독교에서는 선지자들이 꿈을 해석하거나, 신비 체험을 통해
영적 미몽(迷夢)에서 벗어나곤 했다. 반면 불교에서는 삶 자체를
'전도몽상(顚倒夢想)'이라 보고, 수행과 참선을 통해 그로부터 해
탈해야 한다고 가르쳤다.

정신분석학에서 프로이트는 꿈을 억압된 욕망의 우회적 표출,
즉 무의식적 소망 충족 행위로 보았다. 꿈을 해석하면 무의식의 문
이 열리고, 그로부터 깨어남에 이를 수 있다. 융은 한 걸음 더 나아
가, 꿈을 의식과 무의식의 조화를 위한 자율적 보상 작용이라 본
다. 억누름이 아니라 내면이 스스로 균형을 찾아가는 자생적 지향
이라는 것이다.

융의 눈으로 이 시를 바라보면, 그의 상징체계인 '세계수(世界
樹)'가 떠오른다. 우주의 기원과 삶의 구조를 담은 이 상징은 성경
의 '생명나무'로도 이어지며, 시 속의 '낙하산'은 그 상층에서 하강
하는 은유처럼 읽힌다. 꿈에서 깨어남이란, 세계의 질서 속으로 자
신을 던지며 진실한 자아를 찾아가는 길일지도 모른다.

꿈의 여행자는 시인이자 우리 안의 무의식이다. 그는 "종달새의
시점에서" 지상과 지하를 동시에 조망한다. 그가 꿰뚫어 보는 세

계 는 "나무들의 거대한 뿌리 체계,/지하의 샹들리에 가지들"이다. 그가 보는 세계는 '뿌리'로부터 '빛'까지 연결되는 내면의 지도이며, "초목들이 보이지 않는 펌프의 박자에 귀 기울"이는 섬세한 감응의 공간이다.

시를 따라가다 보면 독자 역시 낙하산에 매달려 "종달새의 시점에서" 세계의 숨은 시스템을 보게 되고, "초목들이 보이지 않는 펌프의 박자에 귀 기울"이는 것을 감각하게 된다. 어두운 "수갱 속"으로 급강하하다가, 어느 순간 "날개가 펼쳐져" "파도 위 물수리의 미끄러짐"을 느끼게도 된다. "죽음의 소용돌이를 통과하는 돌진" 후, 우리는 "빛의 거대한 낙하산" 아래 내려앉는다.

그 끝에서 시인은 말한다.
깨어남은 비로소 우리를 "자유를 얻은 여행자"로 만든다고.
"무법의 선율"을 감상하며, 우리는 마침내 "세계를 움켜잡을 수 있"게 된다고.

깨어남은 한순간이 아니라, 긴 추락과 감응과 각성의 여정이다. 그 끝에서 우리는 어느덧, "빛의 거대한 낙하산" 아래 조용히 안겨 있는 자신을 발견하게 된다.

토마스 트란스트뢰메르(Tomas Tranströmer)는 1931년 스웨덴 스톡홀름에서 태어나 2015년 영면했다. 스톡홀름대학교 심리학과를 졸업했으며, 심리상담사로 활동했다. 깊이 있는 인간 내면 탐구와 투명한 언어로 세계를 그려내며 세계적 명성을 얻었으며, 2011년 노벨문학상을 수상했다. **시집**으로는 『17편의 시』, 『여정의 비밀』, 『미완의 천국』, 『반항과 흔적』, 『어둠의 비전』, 『작은 길』, 『발틱스』, 『진실의 장벽』, 『와일드 마켓플레이스』, 『산 자와 죽은 자를 위하여』, 『기억이 나를 본다』, 『슬픈 곤돌라』, 『거대한 수수께끼』가 있다.

과수원과 꿈과 바다 이야기 _{전봉건}

이
창가에서
들어요.
둘이서만 만난 오붓한 자리
빵에는 쨈을 바르지요
오 아니에요.
우리가 둘이서 빵에 바르는
이 쨈은 쨈이 아니라 과수원이예요
우리는 과수원 하나씩을
빵에 얹어 먹어요.

이
불빛 아래서
들어요.
둘이서만 만난 고요한 자리
잔에는 포도주를 따르지요
오 아니에요.
우리가 둘이서 잔에 따르는
이 포도주는 포도주가 아니라 꿈의 즙

우리는 진한 꿈의 즙을 가득히
잔에 따라 마셔요.

나는
당신 앞에 당신은
내 앞에
둘이서만 만난 둘만의 자리
사실은 아무것도 먹지 않아도
오 배가 불러요
보세요
우리가 정결한 저를 들어
생선의 꼬리만 건들어도
당신과 내 안에 들어와서 출렁이는
이렇게 커다란 바다 하나를.

■출처 :『전봉건 시전집』, 문학동네(2008).

사랑은 모든 이를 시인이 되게 한다

시인은 무엇으로 쓰는가? 문득 『사람은 무엇으로 사는가?』처럼 묻고 싶어진다. 이에 대해 워즈워스는 "훌륭한 시는 강한 감정이 자연스럽게 흘러나오는 것"이라 했다. 시인은 감정이 충만할 때 시를 쓰게 되며, 특히 충만한 사랑의 감정은 모든 이로 하여금 시인이 되게 한다.

사랑은 정서의 저수지를 가득 채워 온 세상을 빛나게 하고, 상상력의 용광로에 불을 지펴 보이지 않는 것을 보게 한다. 그러나 사랑의 감정으로 자극된 상상력이라 할지라도, 표현의 묘미를 획득하지 못하면 시로 완성되기 어렵다. 이 시는 그런 사랑의 감정과 상상력에 시적 표현미까지 더하고 있다.

사랑하는 사람끼리 "둘이서만 만난 자리"에서 고양된 사랑은 가난한 시간과 공간을 확장하고 확대함으로써, 그 낭만성을 극대화한다. 그리하여 "쨈은 쨈이 아니라 과수원"이 되고, "포도주는 포도주가 아니라 꿈의 즙"으로 변한다. 그뿐인가? 생선은 "꼬리만 건들어도 당신과 내 안에 들어와서 출렁이는 커다란 바다"가 된다.

이런 표현들은 일상의 상식을 뛰어넘는 사고와 논리로 사랑에 빠진 남녀의 마음을 절묘하게 구현한다. 연인끼리 나누는 식사는 '코스 요리'가 아니라, "둘이서만 만난 둘만의 자리"라는 사실. 결국 그 사랑의 감정이 더 중요하지 않겠는가. 그래서 그 자리에서는

"사실은 아무것도 먹지 않아도 배가 불러"오는 것이다.

톨스토이가 말했듯, 사람은 사랑으로 산다. 시인도 사랑으로 쓴다. 그 사랑이 에로스든 아가페든, 우리 모두는 사랑이 있기에 살고 쓰며 생명을 구가하는 존재들이다.

사랑은 "인간 생활의 최후의 진리이며 최후의 본질"(찰스 슈와프)이다. 사람을 "사람답게 느끼고 생각하고 꿈도 꾸면서 살아"(전봉건, 「단상」)가도록 하는 삶의 원동력이기도 하다. 결국, 사랑이 없으면 나는 아무것도 아니다. "내가 예언하는 능력을 가졌고 온갖 신비한 것과 모든 지식을 이해하고 산을 옮길 만한 믿음을 가졌다 하더라도"(고린도전서 13:2).

전봉건(全鳳健)은 1928년 평안남도 안주에서 태어나 1988년 영면했다. 평양 숭인중학교를 졸업한 뒤 월남했다. 1950년 《문예》에 「원(願)」·「사월(四月)」·「축도(祝禱)」를 미당 서정주와 영랑 김영랑의 추천으로 발표하며 등단했다. 《예술시보》·《문학춘추》 편집 실무를 맡았고, 《현대시학》을 창간하여 주간을 역임했다. 자유문인협회 상임위원, 전국문화단체총연합회 중앙위원, 한국시인협회 간사 및 중앙위원으로 활동했다. 한국시인협회상, 대한민국문학상, 대한민국문화예술상을 수상했다. **시집**으로는 『신풍토』, 『사랑을 위한 되풀이』, 『춘향연가』, 『별 하나의 영원을』, 『속의 바다』, 『피리』, 『북의 고향』, 『새들에게』, 『돌』, 『트럼펫 천사』, 『기다리기』가 있다.

샘물이 혼자서 ^{주요한}

샘물이 혼자서
춤추며 간다
산골짜기 돌 틈으로
샘물이 혼자서
웃으며 간다
험한 산길 꽃 사이로
하늘은 맑은데
즐거운 그 소리
산과 들에 웃니운다.

■출처 : 시선집 『주요한 시선』, 지식을만드는지식(2014).

시인은 언제나 맑은 샘물이기를

"호랑이는 죽어서 가죽을 남기고, 사람은 죽어서 이름을 남긴다 (虎死留皮, 人死留名)." 시인은 죽어서 시만 남기면 좋을 텐데, 때로는 오명을 남기고 떠나는 경우도 있다. "망둥이가 뛰니까 꼴뚜기도 뛴다."는 속담까지 연쇄반응처럼 떠오른다. 어쩌다가, 이토록 아름다운 시를 쓰고 읊던 '산골짜기 샘물'이 오탁의 세상으로 흘러 들어가게 되었을까.

"샘물이 혼자서 춤추며 간다"거나 "샘물이 혼자서 웃으며 간다"는 시구는, 무언가 정신적 승리를 이룬 순간 종종 떠오르는 구절이다. 이때 '샘물'은 나르시시즘에 빠진 자아도취의 상징이 아니라, 극기를 통해 불가능을 돌파한 뒤 얻게 된 맑은 환희의 이미지로 다가온다. 그것은 일종의 '자쾌(自快)', 성자나 선승이 누리는 신락 (神樂) 혹은 법열(法悅)에 가까운 경지이다.

최근 들어 필자는 이 시인의 시구가 자주 입가에 맴돌았다. 시선에 꼭 이 시를 올려야겠다고 마음먹고 생애를 다시 살펴보던 중, 정작 시구는 사라지고 두 가지 속담만 강하게 맴도는 자신을 발견했다.

주 시인은 한국 최초의 신체시라 일컬어지는 「불놀이」를 통해 근대시 형성에 기여했고, 일제강점기에는 독립신문 기자로서 민족 정신을 일깨우려 했다. 그러나 해방 전후의 행적은 실망스럽게도,

적극적인 친일 협력과 해방 이후 정치인의 길로 이어졌다.

　어쩌다가 이런 전환이 가능했을까. 하긴 "험한 산길 꽃 사이로" 흐르던 샘물도 세월과 함께 오욕의 강물로 흘러들 수 있는 것이 자연의 이치인지 모른다. 하지만 그렇다 하더라도, 시인은 언제까지나, 어디까지나 맑은 '샘물'이기를 바라는 마음은 여전하다. '웃니 운다'는 그 시구의 '웃음'은, 결국 아프게 울리는 것이다.

주요한(朱耀翰, 아호: 송아(頌兒))은 1900년 평안남도 평양 기림리에서 태어나 1979년 영면했다. 메이지학원 중학부를 졸업하고, 도쿄제일고등학교와 상하이 후장대학을 졸업했다. 1916년 일본 《문예잡지》에 「5月雨의 朝」가 가작으로 당선되어 일문시를 발표했고, 1919년 《학우》 창간호에 「니애기」 등 5편, 《창조》에 「불노리」 등 4편을 발표하며 본격적으로 시작 활동을 시작했다. 3·1운동 후 대한민국 임시정부에 합류하여 이광수와 함께 임시정부 기관지 《독립신문》 기자로 활동했으며, 이후 동아일보 취재기자·편집국장·논설위원, 조선일보 편집국장·논설위원·전무 등을 역임했다. 안창호, 이광수 등과 교류하며 흥사단과 수양동우회에 가입했고, 수양동우회 사건으로 체포되어 이광수, 전영택 등과 함께 전향했다. 이후 조선문인보국회와 조선언론보국회 등에 가담해 대일협력 활동을 했다. 제5회 조선예술상 문학상을 수상했다. **시집**으로는 『아름다운 새벽』, 『삼인작 시가집』, 『봉사꽃』이 있다.

원근리(遠近里) 길 천양희

가깝고도 먼 것이 무엇이었더라. 원근리에 머무는 마음이여. 길 한쪽이 나를 당긴다. 꼬불꼬불한 것은 길만이 아니다 내 속의 산맥들 그리고 능선들. 원근리는 몰래 나를 알고 있어서 마음의 명암까지 뭉클해진다. 삶은 꼬리 잡혀 꿈쩍 않는데 하늘 한끝에서 별똥별이 떨어진다 포기한 자 이탈한 자 그들이 자유롭다 문득 느낀다. 내 그림자 나에게서 떨어지지 않는다. 생각지도 않는 생나무 그늘이 발끝까지 따라온다. 나는 촘촘한 생의 생잎들을 조금씩 들춘다. 들추다가 지름길을 힐끗 엿본다. 재봉새 한 마리 언제 끝날지 모를 집을 짓는다. 빠른 길만이 앞선 것은 아니다. 오늘도 길은 가까웠다 멀었다 하였다. 저물녘에서야 마음의 경계 너머 다른 길에 멈춘다. 언제나 바짝 엎드린 기찻길. 우린 아무것도 일치할 수 없다. 세상 속을 가로질러 길끝과 마음끝이 나란히 선다. 가깝고도 먼 것이 무엇이었더라. 소리치며 기차가 지나간다. 날마다 내 속으로 들어온 길. 원근리에 가서 꺼내놓는다.

■출처 : 시집 『마음의 수수밭』, 창비시선(1994).

느린 지름길의 미학

시인은 '원근리'라는 길 이름의 대립적 이원성에 착안하여, 그 위에 자기 존재의 이원성을 겹쳐본다. "가깝고도 먼 것", 그것은 어쩌면 시인의 마음과 닮아 있다. 나아가 그 생김새를 살펴보니 "꼬불꼬불한 것", '산맥들'과 '능선들'로 이어진 모습이 자신의 내면과 너무도 유사하다. 사실 그것은 시인뿐 아니라 우리 모두 안에 존재하는 모순과 대립, 복잡성과 갈등의 모습일지 모른다.

그래서 시인은 "몰래 나를 알고 있어서 마음의 명암까지 뭉클해지는" '원근리'에 머물러 자신의 삶과 마음을 들여다보며, 조용히 화해를 도모하고 있다.

분석심리학자 칼 융은 "우리 삶의 방향을 결정짓는 무의식의 작용을 자각하지 못하면, 우리는 이런 것을 두고 운명이라고 한다"고 갈파했다. 또한 무의식은 '창조의 원천'이며, 그 안에 있는 '그림자'는 우리가 감추고 싶어 하는 '열등한 인격'이지만, 그것을 인식하고 수용할 때 좀 더 관대하고 여유로운 삶을 살아갈 수 있다고 했다.

운명에 "꼬리 잡혀" 답답해하던 시인은 하늘을 본다. 별똥별이 떨어진다. 하늘에서 떨어지는 그 별을 보며, 시인은 문득 이렇게 느낀다. "포기한 자, 이탈한 자, 그들이 자유롭다." 그러나 시인은 그렇게 하지 않을 것 같다. 그는 "나에게서 떨어지지 않는" '그림자'와 "생각지도 않는" '그늘'에도 불구하고, "촘촘한 생의 생잎들" 속에서 '지름길'을 "힐끗 엿보았기" 때문이다.

노상 우리 삶의 길은 "가까웠다 멀었다" 하다가 "저물녘에야 마음의 경계 너머 다른 길에 멈추는" 것, 결코 "일치할 수 없는" '기찻길'처럼 "나란히 서서" 함께 걸어야 하는 것, 어쩌면 그것이 바로 "원근리 길"일지도 모른다. 하지만 "빠른 길만이 앞선 것은 아니다." 거기엔 "언제 끝날지 모를 집을 짓는" '재봉새'처럼, "느린 지름길"의 미학을 펼칠 수 있는 여지가 있다. 얼마나 다행인가!

천양희(千良姬)는 1942년 부산광역시에서 태어났다. 경남여자고등학교와 이화여자대학교 국어국문학과를 졸업했다. 1965년 《현대문학》에 「정원 한때」·「화음」·「아침」을 발표하며 등단했다. 《기독교시단》 동인으로 활동했으며, 대한민국예술원 회원으로 있다. 소월시문학상, 현대문학상, 공초문학상, 대한민국문화예술상, 박두진문학상, 만해문학상, 이육사문학상을 수상했다. **시집**으로는 『신이 우리에게 묻는다면』, 『사람 그리운 도시』, 『하루치의 희망』, 『마음의 수수밭』, 『독신녀에게』, 『그리움은 돌아갈 자리가 없다』, 『낙타여 낙타여』, 『오래된 골목』, 『한 사람을 나보다 더 사랑한 적 있는가』, 『너무 많은 입』, 『나는 가끔 우두커니가 된다』, 『벌새가 사는 법』, 『새벽에 생각하다』가 있다.

눈물 최문자

어릴 적 외할머니가 이불 빨래하는 날은
뒷마당에서 잿물을 내렸다.
금이 간 헌 시루 밑에서 뚝뚝 떨어지던
재의 신음소리
꼭 독한 년 눈물이네.
열아홉에 혼자 된 외할머니 독한 잿물에
덮고 자던 유년의 얼룩들은 한없이 환해지면서
뒷마당 가득 흰 빨래로 펄럭였다.
하나님은 내가 재가 되기를 기다렸다.
하루 종일 재가 되고 났는데도
아직 남아 있는 뭔가 있을까? 하여
쇠꼬챙이로 뒤적거리며 나를 파보고 있었을 때
재도 눈물을 흘렸다.
어제의 재에다
새로 재가 될 오늘까지 얹고
독한 잿물을 흘렸다.
조금도 적시기 싫었던 사랑까지
한없이 하얘져서
세상 뒷마당에 허옇게 널려 있다.

재는 가끔 꿈틀거렸다.

독한 눈물을 닦기 위하여

■출처 : 《문학사계》, 2002년 겨울(통권 4호).

고난을 통한 인생 빨래

눈물은 고통의 치료제이며, 영혼의 정화수(淨化水)이다. 가톨릭의 프란치스코 교황은 필리핀을 방문했을 때, 한 이재민 소녀가 울면서 "하느님께서 왜 우리에게 이런 불행을 허락하셨는지 모르겠다"고 묻자, 이렇게 답하며 함께 눈물을 흘렸다고 한다.

"중요한 문제지만, 진정한 대답은 불가능하다. 눈물만이 답이 될 수 있다. 어떤 삶의 현실은 오로지 눈물로 정화된 뒤라야 보인다."

이 시는 고난의 눈물을 "독한 잿물"로, 그 결과를 "흰 빨래"로 형상화하며, 인생의 고난과 영혼의 정화를 절절히 드러낸다. "열아홉에 혼자 된 외할머니"로부터 '나'로 이어지는 고난의 눈물은, 모두 단단히 응어리진 마음을 부드러운 '재'로 만들어 "세상 뒷마당에 허옇게 널"리는 '빨래'를 위한 것이 된다.

세탁비누가 귀하던 시절, 우리 할머니들은 빨래를 할 때 잿물을 사용하셨다. 잿물은 짚이나 콩깍지, 나뭇가지 등을 태운 재를 시루에 안치고 물을 부어 걸러내 만든 천연 세제였다. 그러나 염기성이 강해 무척 독했다. 시인은 그 독함을 "독한 년 눈물"이라 표현했다.

외할머니께서 고난의 삶 속에서 흘리신 그 "독한 눈물"이 자신을 깨끗하게 지켜주었음을 시인은 알고 있다. 그래서 하루하루 치열하게 살아내느라 "재가 되고 났는데도/아직 남아 있는 뭔가 있을까?" 자기를 "뒤적거리며 파보"게 된다. 지독한 자기 성찰이다.

그리고 마침내 흘리게 된 "독한 잿물(눈물)"로 인해, "조금도 적시기 싫었던 사랑까지/한없이 하얘져서/세상 뒷마당에 허옇게 널려 있"게 되었다.

고난은 또 다른 축복이 될 수 있을까. 하느님은 우리에게 고난만을 주시지 않고, 그 정화제인 '눈물'도 함께 주신다. 그러니 고난을 통한 인생 빨래의 의미는 더욱 깊을 것이다. 그 "독한 눈물" 앞에서 공감의 눈물을 흘릴 수 있을지, 이제는 독자의 몫이다.

최문자(崔文子)는 1943년 서울에서 태어났다. 성신여자대학교 대학원에서 현대문학 박사 학위를 받았으며, 1982년 《현대문학》에서 3회 추천 완료로 등단했다. 협성대학교 문예창작과 교수와 제6대 협성대학교 총장, 배재대학교 석좌교수를 역임했다. 한성기문학상, 박두진문학상, 제1회 한송문학상, 한국시인협회상을 수상했다. **시집**으로는 『내가 아직 쓰지 않은 것』, 『마음과 엄마는 초록이었다』, 『우리가 훔친 것들이 만발한다』, 『귀 안에 슬픈 말 있네』, 『파의 목소리』, 『그녀는 믿는 버릇이 있다』, 『사과 사이사이 새』, 『닿고 싶은 곳』, 『나무 고아원』, 『해바라기밭의 리토르넬로』가 있다.

콩나물을 다듬으면서 이향아

콩나물을 다듬으면서 나는
나란히 사는 법을 배웠다.

줄이고 좁혀서 같이 사는 법
물 마시고 고개 숙여
맑게 사는 법
콩나물을 다듬다가 나는
어우러지는 적막감을 알았다.

함께 살기는 쉬워도
함께 죽기는 어려워
우리들의 그림자는
따로 따로 서 있음을.

콩나물을 다듬으면서 나는
내가 지니고 있는 쓸데없는 것들
나는 가져서 부자유함을 깨달았다.

콩깍지 벗듯 벗어버리고 싶은

물껍데기 뿐,

내 사방에는 물껍데기뿐이다.

콩나물을 다듬다가 나는 비로소

죽지를 펴고 멀어져 가는

그리운 나의 뒷모습을 보았다.

■출처 : 시선집 『안부만 묻습니다』, 인간과문학사(2013).

실천하기 어려운 평범함의 진리

"진짜 위대한 사람이나 말씀은 무엇보다도 평범한 데 있는 것 같다."

가야금 명인 황병기 선생이 『논어 백가락』이라는 저서의 첫머리에 적어둔 말이다. 이어서 그는 자신이 오래전에 〈리더스 다이제스트〉에서 읽었던 이야기를 인용했다. 평소 처칠을 숭배하던 한 소년이, 아버지와 대화하는 처칠의 모습을 본 뒤 너무도 평범한 그의 언행에 실망하여 툴툴거리자, 아버지가 "그러기에 처칠이고, 그러니까 위대한 것이다"라고 답했다는 이야기다. 그는 이 일화를 통해, 위대함은 결국 평범함 속에 있다는 진리를 되새겼다.

이 시 속에는 바로 그런 평범함의 진리가 담겨 있다. 소재나 제재가 되는 '콩나물', "콩나물을 다듬는 일"도 평범하기 그지없고, 그로부터 얻어낸 깨달음 역시 그저 평범한 말들이다. 그러나 "나란히 사는 법", "줄이고 좁혀서 같이 사는 법", "물 마시고 고개 숙여 맑게 사는 법"은 말이야 쉽지만, 실천하기는 얼마나 어려운가.

그렇기에 시인은 콩나물 안에서 "어우러지는 적막감"과 "따로 서 있는 그림자"를 보게 되고, "가져서 부자유한 물껍데기"를 성찰하며 벗어버리고자 한다. 그리고 조심스럽게 예견한다. '물껍데기'를 벗은 '콩나물'이 콩나물국이나 무침이 되어 시원하고 맛깔나게 삶의 밥상에 오를 때, 그제야 비로소, "나의 뒷모습"도 조금은 자유로워질 것이다.

이향아(李鄕莪, 본명: 영희(英姬))는 1938년 충청남도 서천군에서 태어났다. 경희대학교 국문학과를 졸업하고, 동 대학원에서 문학박사 학위를 받았다. 1966년 《현대문학》에 「가을은」·「설경」·「찻잔」으로 추천 완료되며 등단했다. 1980년 유안진, 신달자와 함께 《문채(文彩)》 동인을 결성했으며, 《원탁시》·《기픈시》·《시누대》 동인으로도 활동했다. 전주기술전문여고, 서울영등포여고에서 교사로 재직했으며, 호남대학교 국문학과 교수와 한국사이버대학교 초빙교수로도 활동했다. 한국시인협회 심의위원을 비롯해 한국여성문학인회·한국현대시인협회·국제 P.E.N. 한국본부 이사를 역임했다. 경희문학상, 시문학상, 전라남도문화상, 광주문학상, 윤동주문학상, 한국문학상, 미당시맥상을 수상했으며, **시집**으로는 『황제여』, 『동행하는 바람』, 『눈을 뜨는 연습』, 『물새에게』, 『껍데기 한 칸』, 『갈꽃과 달빛과』, 『강물연가』, 『어디서 누가 실로폰을 두드리는가』, 『환상일기』, 『종이등 켜진 문간』, 『살아있는 날들의 이별』, 『당신의 피리를 삼으소서』, 『오래된 슬픔 하나』, 『꽃들은 진저리를 친다』, 『화려체로 우아하게』, 『흐름』, 『물푸레나무 혹은 너도밤나무』, 『화음』, 『어머니 큰산』, 『온유에게』, 『안개 속에서』 등이 있다.

북에서 온 어머님 편지 김규동

꿈에 네가 왔더라

스물세 살 때 훌쩍 떠난 네가

마흔일곱 살 나그네 되어

네가 왔더라

살아생전에 만나라도 보았으면

허구한 날 근심만 하던 네가 왔더라

너는 울기만 하더라

내 무릎에 머리를 묻고

한마디 말도 없이

어린애처럼 그저 울기만 하더라

목놓아 울기만 하더라

네가 어쩌면 그처럼 여위었느냐

멀고 먼 날들을 죽지 않고 살아서

네가 날 찾아 정말 왔더라

너는 내게 말하더라

다신 어머니 곁을 떠나지 않겠노라고

눈물어린 두 눈이

그렇게 말하더라 말하더라.

■ 출처 : 시선집 『깨끗한 희망』, 창작과비평사(1994).

목소리로 온 편지, 꿈속의 시

"1972년 무렵에 하루는 꿈을 꾸었는데, 너무도 선명하게 북에 있는 어머니가 저한테 편지를 보냈어요. 그런데 그 편지를 글씨로 쓴 게 아니라 목소리로 보내왔어요. 어머니는 배우지 못한 여인인데, 그 배우지 못한 어머니의 말씀이지마는 한 마디 한 마디 전부가 내가 쓰는 시보다도 더 감격이 오는 말씀이에요." (《문학사계》, 2006년 18호)

시인은 잠에서 깼는데, 그 말씀이 너무도 선명해서 급히 연필을 찾아 종이에 적었다고 했다. 그리고 그것을 한국일보에 찾아가 내어놓았고, 다음 날 바로 발표되었다고 한다. 그러니까 시인의 꿈에 어머니가 나타나 하신 말씀이 그대로 시가 되어 세상에 울려 퍼진 셈이다.

정신분석학자 프로이트는 꿈을 한마디로 '소망의 충족'이라 했다. 즉, 꿈이란 현실에서 억압되고 좌절된 소망을 이루기 위해 무의식이 기억과 경험을 동원해 만들어내는 정신의 작용이라는 것이다. 시인의 꿈과 시는, 뜻하지 않게 길게 이별하게 된 어머니를 만나고 싶은 바람—그 "무릎에 머리를 묻고/…/어린애처럼 그저 울기만 하"면서 "다신 어머니 곁을 떠나지 않겠노라고 말하고" 싶은 간절한 소망의 충족이자 표현이라 할 수 있으리라.

1948년, "스물세 살 때". 읽을 책도 구하고 스승 김기림도 만나고 싶어서 가족을 뒤로한 채 단신으로 월남한 시인은, 이 시를 쓴 "마흔일곱 살 때"는 물론이고 여든일곱으로 돌아가실 때까지도 현실에서는 그 소망을 이루지 못했다. 가볍게 "훌쩍 떠난" 그 길이, 결국엔 영이별이 되고 말았다. 이런 기막힌 현실을 사시면서, 꿈속에서 "목놓아 울던" 분들이 어디 김규동 시인뿐이었겠는가.

1919년생인 필자의 시아버님도 그 무렵 월남하셨다가, 여든여섯에 돌아가실 때까지 다시는 북청 고향 땅을 밟지 못하셨다. 임종 무렵, 여섯 살 때 어머니와 함께 외가에 가던 길—당신이 앞장서 내달리고, 어머니가 머리에 떡 광주리를 이고 오시며 "천천히 가자, 천천히 가자" 하시던 장면을 그리도 자주 떠올리시더니, 끝내 어머니를 재회하지 못한 채 더 먼 길을 떠나셨다.

지금쯤 분단 없는 하늘에서, 모두가 다시 만나 함께 계실까.
부디 남북 간에 화해의 분위기가 무르익어, 진정한 평화의 열매를 우리 모두가 맛볼 수 있기를 기대하고 기원한다.

김규동(金奎東, 아호: 문곡(文谷))은 1925년 함경북도 종성에서 태어나 2011년 영면했다. 경성고등보통학교를 졸업하고, 연변의과대학을 수료했으며, 평양종합대학교는 중퇴했다. 1948년 《예술조선》 신춘문예에 「강」이 당선되며 등단했고, 1951년 《후반기》 동인으로 활동했다. 자유실천문인협의회, 한국민족예술인총연합, 민족문학작가회의 고문을 역임했으며, 자유문인협회상, 만해문학상, 대한민국예술원상을 수상하고, 은관문화훈장을 받았다. **시집**으로는 『나비와 광장』, 『현대의 신화』, 『죽음 속의 영웅』, 『오늘밤 기러기 떼는』, 『생명의 노래』, 『느릅나무에게』 등이 있다.

분해(分解)와 결합(結合) **43613** 김인섭

43613

이는 육군소위로 임관할 때

나라가 매겨준 고유번호

나의 잘나빠진 군번이다.

43613

이것을 분해하면

613 세모꼴로 짓고 43은 일곱

앉도 눕도 못할 형국으로

일곱 '7'자 모양새를 보자 해도

고개 뻗고 산다고 뾰루지가 돋는 건지

등허리 정처없이 꼬이고 꼬부라진 채

오뉴월 깽깽 마른 땅만 내리뜨고 살아온

나의 인생싹수 일곱끗.

43613

이를 다시 결합하면 열일곱

가당찮게도 애국은 저 혼자 하는 듯이

육이오가 나던 그해 10월 21일

딱총 들고 놀다가 종아리 맞을 나이,

그 나이 열일곱에 병정 가서

남들 사각모 쓰고 전진할 때

사창리 저격능선에만 들러붙어

플라스틱 헬멧 하나로 세월을 가리고는

남녘으로 떠가는 구름 보면 한숨이고

달 뜨면 눈물이고 하다가

스물셋 헌 신발짝으로 돌아왔으니.

43613

휴전선 총대밭에 두고 온 청춘,

저 메아리도 없는 청춘은 어쩌란 말이냐.

■출처 : 『현대시 창작법』, 국학자료원(2009).

소년병의 고백, 전쟁의 그림자

　호국보훈의 달 6월이다. 나라를 위해 목숨 바친 영령들 앞에 고개 숙이며, 몸과 마음에 전쟁의 상흔을 안고 살아야 했던 분들의 은혜에도 옷깃을 여민다.

　이 시는 현충원에서도 추모비 하나 없이 사라진 '소년병'으로서의 아픔과 슬픔을 토로하고 있어 눈길을 끈다. 시인은 자신의 군번 43613이라는 숫자를 "분해(하고) 결합"하며 그 회한을 풀어낸다. 창조적 상상력을 통한 경험의 재해석, 분방한 해학과 풍자, 그리고 자기에 대한 치열한 인식이 맞물려, 회한은 결국 한 편의 고백 시로 승화된다. 여기서 "메아리도 없는 청춘"은 보상이 없는 젊음을 의미한다. 시인의 자조 섞인 절규—소년병으로 보낸 청춘으로 인해 "인생 싹수"가 틀어진 건 아닌가—는 결국 전쟁의 비인간성에 대한 우회적 고발로 읽힌다.

　투쟁 본능과 공격성, 약육강식의 세계관이 지배하는 인간 사회에서 전쟁은 끊임없이 발생해왔다. 고대부터 오늘까지 인류사는 말 그대로 '전쟁의 역사'다. 한정된 공간에서 더 많이, 더 안정적으로 가지려는 인간의 욕망은 끝이 없고, 그것을 물리력으로 해결하려는 본성도 크게 달라지지 않았다. 여기에 명분과 이념이라는 틀이 더해지면, 집단 간의 충돌은 더욱 정당화되기 쉽다.

　이 시는 무력(無力)한 청소년까지 무력(武力)에 동원되는 전쟁의 어리석고 잔인한 일면을 보여준다. 1950년 6월 25일, 일요일 새벽 4시. 적화통일 야욕에 사로잡힌 북한 김일성 정권의 기습 남침으로 얼마나 많은 이들이 삶과 자유와 생명을 잃었는가.

통계에 따르면, 전쟁 개시일인 1950년 6월 25일부터 정전일인 1953년 7월 27일까지 한국군 및 유엔군의 인명 피해(전사·부상·실종·포로 포함)는 77만 2,608명에 달하며, 민간인 중 사망·학살·부상·납치 및 행방불명자는 99만 968명에 이른다. 여기에 이 시인처럼 통계에도 잡히지 않은, 이름 없는 수많은 피해자들이 있었으리라. 이 전쟁으로 남북한을 합쳐 약 300만 명이 사망하거나 실종되었는데, 이는 당시 총인구 약 3천만 명의 10%에 해당한다.

『세계 전쟁사 사전』을 집필한 조지 차일즈 콘은, 전쟁은 인간이 문제 해결의 수단으로 무력을 앞세우는 어리석음의 산물이며, 동시에 인류 생존 양식의 하나라고 지적했다. 그러나 그는 분명히 덧붙였다. "전쟁으로는 어떤 문제도 해결할 수 없으며, 그것은 누구도 상상하지 못한 거대한 비극을 낳을 뿐이다."

그럼에도 전쟁은 반복된다. 그래서 그는 말한다. "전쟁을 막는 가장 확실한 방법은 전쟁의 역사를 기억하는 것이다." 역사는 전쟁에 대한 철저한 대비와 무력 확보야말로 전쟁을 막는 가장 확실한 길임을 가르친다고도 했다. 아울러 전쟁 개전을 막는 외교적 수

단, 그리고 공동체를 지키려는 구성원들의 신념과 정신력 역시 중
요하다고 역설했다.

　전쟁을 알아야 전쟁을 막을 수 있다. 전쟁의 역사를 기억하고 대
비할 때 비로소 평화의 길은 열린다. 조지 산타야나의 말대로, "역
사를 기억하지 못하는 자들은 역사를 되풀이할 운명에 처해 있
다."
　6월 25일. 이날을 우리가 기억하고, 그 아픔을 또렷이 되새기며,
후손들에게 분명히 가르쳐야 하는 이유다.

김인섭(金人燮, 아호: 심성(心城))은 1933년 경상북도 영일군에서 태어나 2012
년 영면했다. 건국대학교 정치외교학과를 졸업했으며, 1977년 《시문학》에
「봄 산번지」·「갓갓벌 갈매기」 추천 완료로 등단했다. 한국현대시인협회와 국제
P.E.N.한국본부 회원으로 활동했으며, 영남문우회 사무국장, 서점회보 편집부
장, 로얄 컨트리클럽 경리부장을 역임했다. 제25회 한국현대시인상을 수상했으
며, **시집**으로는 『제2의 타인』, 『봄 산번지』, 『두레』가 있다.

아, 두만강 1 ^{박정희}

― 털모자 소년

눈 덮인 굴뚝에 연기가 핀다.
털모자 소년이 밥상에 앉는다.
누나와 할배는 말이 없고
감자와 간장 종지만 동그랗게 부딪친다.
동그란 축구공이 부딪친다.

지난여름 물난리에
누나를 구해놓고 아버지가 가고
뒤따라 그림자처럼 어머니가 가고
두만강이 보이는 언덕에 나란히
묻혔다.

사람들은 명태를 잡으면서
그 일을 잊었는가.
장대 끝에 명태를 말리면서
그리 쉽게 잊었는가.

〉

흐릿하게 저물녘

작아지는 무덤이

동그란 축구공으로 굴러와

벽을 향해 벽을 향해 공을 찬다.

■ 출처 : 《문학사계》, 2013년 봄(통권 45호).

체제의 벽을 향해 축구공을 차는 소년

전체주의 사회의 압제 속에서도 개인들은 저마다의 삶을 살아간다. 살인적인 가난과 고통 가운데서도 자신만의 이야기를 만들어 내려는 몸부림은 멈추지 않는다. 시인은 「아, 두만강」 연작을 통해 인간성의 이러한 면모를 포착하며, 비인간적인 사회의 압제와 대비되는 인간의 얼굴을 부각시킨다.

이 시는 그 가운데 한 편으로, "털모자 소년"을 주인공 삼아 '축구공'을 매개로 슬픔과 절망을 견디는 개인의 모습을 생생히 보여 준다. '물난리에' 부모를 잃고 "누나와 할배"와 함께 살아가는 소년에게, 축구공은 현실의 '벽'을 돌파할 수 있는 유일한 희망이다. 그래서 그는 남루한 "밥상에 앉"아서도 공을 떠올리고, 뭔가 서러울 때면 "공을 찬다".

'할배'는 식구들 입에 풀칠이라도 하려면, 떠난 이들을 기릴 겨를도 없이 명태잡이에 나섰을 것이다. 그런 어른의 속내를 알 리 없는 소년은 되묻는다. "사람들은…/그 일을 잊었는가./…/그리 쉽게 잊었는가." 그리고 그는 '감자'나 '간장 종지', '무덤'의 둥근 모습에서도 '축구공'을 본다. 그 순진한 유추가 시인의 눈과 귀를 통해 붙들리고 걸러져, 우리 가슴으로 뭉클하게 전해져 온다.

6.25 발발 69주년. 지금 이 순간에도, 눈물 젖은 두만강 근처 어디에선가 "벽을 향해 벽을 향해 공을 차"는 또 다른 소년이 있으리라.

박정희(朴貞姬)는 1936년 함경북도 길주에서 태어나 충청북도 청주에서 성장했다. 동국대학교 영문학과를 졸업하고, 건국대학교 대학원에서 석사학위를, 서울여자대학교 대학원에서 문학박사 학위를 받았다. 1958년 《현대문학》을 통해 등단했으며, 춘천방송국·원주방송국·주월한국군 방송국에서 아나운서로 근무했고, 중앙일보사 여성중앙 기자, 한양여자대학교 교수로 재직했다. 제4회 한송문학상, 한국문학상, 충북문학상, 동국문학상을 수상했으며, **시집**으로는 『내실』, 『문풍지』, 『술래의 편지』, 『푸르른 날의 그리운 점 하나』, 『다시 만날 그날까지』, 『이별에 관한 사색』, 『그에게만 들키고 싶다』, 『꽃웃음』이 있다.

옥밥 오봉옥

옥밥 한술 억지로 우겨넣다
생각하니
엄니가 흙마당 멍석 위로 저녁을 나르실 때
풀물든 손을 툴툴 털어내던 아버진
어여 와 어여 와 하시었는데
그 엄니 오늘은 밥상머리 한 구석이 비어
된수저 치켜들다 울었는지
안 울었는지.

■출처 : 시선집 『달팽이가 사는 법』, 문학사계(2013).

옥밥 한술과 엄니의 된수저

엄혹한 시대, 감옥 안에서도 그리움의 꽃은 핀다. 부조리한 현실
에 안주하지 못했던 시인은, 안주할 수 있는 고향, 거짓과 왜곡이
없는 나라를 꿈꾸며 시를 썼고, 결국 감옥에 갇히게 되었다. 과거
역사의 좌파 운동을 시로 다뤘다는 이유만으로, 공안당국의 서슬
퍼런 끼워 맞추기식 논리에 의해 간첩으로 몰린 것이다. 1980년대
의 이야기다.

그렇게 감옥에 갇힌 시인은 "옥밥 한술 억지로 우겨넣다"가 문득
'엄니'와 '아버지'를 떠올린다. "흙마당 멍석 위로 저녁을 나르시던
엄니"와 "풀물든 손을 툴툴 털어내던 아버지"의 모습은, 식구들이
옹기종기 모여앉아 저녁을 먹던 평화로운 고향의 기억을 되살린
다. 왜 시인은 그 '밥상머리'를 떠나 감옥에까지 이르게 되었을까.
'옥밥'을 씹으며 떠올리는 엄니의 모습, "된수저 치켜들다 울었
는지 안 울었는지" 모를 그 장면에서 가슴이 아려온다.

어머니 입장에서야 생활의 고됨도 고됨이겠지만, 자식이 감옥에
갇혀 있다는 사실이야말로 깊은 시름이었을 것이다. 그 상황에서
들게 되는 수저가 어찌 무겁지 않았으랴. 감옥에서 그런 어머니를
떠올리는 시인의 마음엔 모정에의 향수가 사무친다. 향수, 노스탤
지어란 돌아가고 싶지만 돌아갈 수 없는 곳을 그리워하는 마음, 채
워지지 않는 결핍에서 오는 아픔이다. "고향을 찾지 못한 자는 죽
는다"고도 하지 않는가.

그러나 어머니가 계신 곳이 고향이고, 우리가 어디에 있든 그리
워할 어머니가 있다면 우리는 살아낼 수 있을 것이다. 그래서 '옥
밥' 속에서도 "엄니의 된수저"를 떠올리는 시인의 시는, 오늘도 살
아 있다.

오봉옥(吳奉玉)은 1962년 광주광역시에서 태어났다. 전주대학교 국어국문학과
를 졸업하고, 연세대학교 대학원 국어국문학과에서 석사 및 박사과정을 수료했
다. 1985년 《창작과비평》『16인 신작시집』에 「내 울타리 안에서」 외 7편을 발
표하며 등단했다. 현재 서울디지털대학교 문예창작과 전임교수이자 대외부총장
으로 재직 중이며, 겨레말큰사전 남측 편찬위원, 《문학의 오늘》 편집인으로도 활
동하고 있다. 올해의 작가상, 제9회 한송문학상을 수상했으며, **시집**으로는 『지
리산 갈대꽃』, 『붉은산 검은피』, 『나 같은 것도 사랑을 한다』, 『노랑』, 『달팽이가
사는 법』, 『섯!』 등이 있다.

빨래판 ^{김종철}

어머니는 빨래판이다
세상 바람 쐰 것들을
비비고 치대고 문질러
죄 된 것만 씻기는
빨만대장경이다.

한밤 초경의 첫 장을 씻은 누이
남루의 빨랫줄 따라
하얗다, 하이얗다 손뼉 치는 깃발
깃발은 모두 그렇게 운다

눈도 귀도 입도 없이
운명의 옷가지로 주름 파인
노점 시장 싸구려 좌판
어머니의 일생의 빨래판
우리들의 빨만대장경이다.

■출처 : 시집 『못의 사회학』, 문학수첩(2013).

빨래판과 깃발 사이, 모성의 은유

"은유란 뭐랄까. 뭔가를 말하기 위해 다른 것에 비유를 하는 거야. 예를 들어 '하늘이 운다'면 그게 무슨 뜻이지? (비가 오는 거죠.) 맞았어. 그게 은유야."

이탈리아의 작은 섬에 망명 중인 시인 파블로 네루다와, 그의 우편배달부가 된 마리오의 우정을 그린 영화 『일 포스티노』에서, 네루다는 이렇게 은유를 설명한다.

마리오는 네루다의 시 중 "이발사들의 냄새는 날 눈물짓고 울부짖게 한다"는 구절을 두고, "이것도 은유인가요?"라고 묻는다. 네루다는 "꼭 그렇지는 않아"라며, 이렇게 답한다. "마리오, 내가 쓴 시 구절은 다른 말로는 표현할 수가 없다네. 시란 설명하면 진부해지고 말아. 시를 이해하는 가장 좋은 방법은 감정을 직접 경험해 보는 것뿐이야."

이 글을 쓰는 일도 어쩌면 시를 진부하게 만드는 일일지 모른다. 그럼에도 시를 더 가까이 느끼고 싶어 하는 독자들과, 시를 통해 삶의 의미를 찾고자 하는 이들과 함께하기 위해, 그리고 글쓰기의 기쁨 속에서 나는 이 작업을 계속하고자 한다.

시에서 은유란 '어떤 것'을 설명하기 위해 '다른 것'에 기대는 표현이다. "하늘은 울보"라는 말에서, 울보는 사실상 하늘이 아니라

비가 내리는 현상이다. 이렇게 서로 다른 사물 사이의 유사성을 포착해내는 것이 바로 은유의 힘이며, 시인의 유사안식(類似眼識)과 유추 능력에서 비롯된다. 이는 세계를 보는 특별한 인식의 렌즈이기도 하다.

이 시에서 시인은 '어머니'를 '빨래판'과 '팔만대장경'에 빗대어 표현한다. '빨래판'은 어머니가 반복하던 일상적 행위의 상징이며, '팔만대장경'의 경판은 그 형태와 의미에서 유사성을 갖는다. 특히 '팔만대장경'을 '빨만대장경'으로 바꿔 부른 시인의 언어적 기지는, 발음의 유희를 통해 모성의 고행과 정화를 종교적 차원으로 승화시킨다.

'빨래판'은 "세상 바람 쐰 것들을/비비고 치대고 문질러/죄 된 것만 씻기는" 모성의 상징이며, 이는 팔만대장경의 경전을 손으로 판각하던 수행자의 모습과 겹친다. 시인의 모성 은유는 단지 육체의 노동이 아니라, 영혼을 씻기는 의식이 된다. 더 나아가 '초경의 첫 장'과 '깃발'의 연결, 그리고 그 깃발을 '씻기는' 어머니의 이미지까지 이어지면서, 시는 정화와 회복의 리듬으로 흐른다.

아무리 순수한 신념일지라도 "세상 바람을 쐬"면 더럽혀지기 마련이다. 그럴 때 우리는 때 묻은 '깃발'을 씻기시는 '어머니'를 떠올리게 된다. 그래서 "깃발은 모두 그렇게 운다." 모성에 감동했을 때, 인간은 비로소 자신의 순수성을 회복하게 되는 것이다.

'국민은 권력의 어머니'라는 말이 있다. "운명의 옷가지로 주름 파인" '어머니'는 "노점 시장 싸구려 좌판"을 펼쳐 앉아 있을지언정, 자식들 잘되기만을 바란다. 그처럼 힘없는 대부분의 국민들은 남루한 일상을 살아가면서도 나라가 잘되기만을 빈다. 위정자들이 이 마음을 진정으로 헤아릴 수 있을까. 팔만대장경을 판각하던 고려인들처럼, 권력자들이 사심을 버리고 지혜와 책임의 정치에 임할 때에야, 국민은 안정과 번영을 누릴 수 있을 것이다.

김종철(金鐘鐵)은 1947년 부산에서 태어나 2014년 영면했다. 중앙대학교 예술대학 문예창작과를 졸업하고, 동 대학원에서 수학했다. 1968년 《한국일보》 신춘문예, 1970년 《서울신문》 신춘문예에 시가 당선되며 등단했다. 중앙대학교 문예창작과와 경희대학교 일반대학원에서 겸임교수로 재직했으며, 한국작가회의 자문위원, 한국가톨릭문인회·한국시인협회 회장을 역임했다. 《문학수첩》·《시인수첩》의 발행인 및 편집인으로도 활동했다. 윤동주문학상, 남명문학상, 편운문학상, 정지용문학상, 가톨릭문학상, 박두진문학상, 영랑시문학상을 수상했으며, **시집**으로는 『서울의 유서(遺書)』, 『오이도(烏耳島)』, 『오늘이 그날이다』, 『못에 관한 명상』, 『등신불(等身佛) 시편』, 『못의 귀향』, 『못의 사회학』, 『절두산 부활의 집』, 『어머니, 우리 어머니』, 『못과 삶과 꿈』, 『못 박는 사람』 등이 있다.

도마 이만섭

부엌사(史)는 도마가 쓴다

세상에 한 몸 내어 하는 일이라고는

노상 몸에 칼 맞는 일

아침저녁으로 무두질하는 저 잔혹사

태사공의 궁형에 비한들

칼 맞는 도마가 독하다

몸을 내쳐 얻은 음식이 진상되는

그런 도마가 더 질기다

지금은 아내가 깍두기를 담그는 중이다

FM 음악을 틀어놓고 탁탁탁—

거침없이 휘두르는 비검무에

사방으로 나동그라지는 무 조각들

칼의 율격이 고르다

저 수신(修身) 자세히 듣자니

도마가 칼 소리를 받아 삼키고 있다

흡반 같은 밀착이다

피할 수 없을 때 즐기는 거라더니

옛말 허투루 듣지 않고

꿋꿋이 외길을 가며

난전의 차력사처럼 배 훌렁 걷어붙이고

몸에 맞는 칼, 표정도 당당하다

결국 칼이 물러앉는다

■출처 : 《시향》, 2010년 겨울호.

역사는 기록하는 자의 것

시의 첫 구절부터 범상치 않다. "부엌사(史)는 도마가 쓴다". 역발상의 결론이 단호한 선언처럼 단박에 시선을 끈다. 부엌 요리에서 주연은 당연히 칼인 줄 알았는데, 도마라니. 시인은 우리에게 어떤 이야기를 들려주려는 걸까.

이어지는 시는 마치 한 편의 무협극이나 잔혹한 역사극처럼 펼쳐진다. "세상에 한 몸 내어 하는 일이라고는/노상 몸에 칼 맞는 일", '무두질', '잔혹사', '궁형' 같은 시어들이 잇달아 등장하며 긴장감을 고조시킨다. 그런데 중반부, "깍두기를 담그는 아내"와 "난전의 차력사" 같은 일상의 이미지가 느닷없이 등장하면서 시선은 현실로 툭 내려앉는다. 당황스러운 전환 같지만, 이 흐름을 꿰뚫는 결정적인 열쇠 말이 있다. 바로 '태사공'이다.

태사공(太史公)은 중국 고대 역사가 사마천(司馬遷)의 칭호이다. 그는 아버지 사마담의 유언에 따라 역사서 『사기』의 집필을 시작했지만, 뜻하지 않게 '이릉 사건'에 휘말린다. 한무제의 명을 받고 흉노 정벌에 나선 장수 이릉이 전투에서 패해 적에게 항복하자, 조정은 일제히 이릉을 비난했는데, 사마천은 오히려 그를 옹호했다.

"이릉은 5천의 병력으로 적진 깊숙이 들어가 수만의 적과 싸웠습니다. 비록 패했지만 죽인 적의 수는 헤아릴 수 없습니다. 지금 이릉이 살아남은 데에는 분명한 뜻이 있을 것입니다. 훗날 반드시

공을 세워 황상께 보답할 것입니다.”

이에 격분한 무제는 사마천에게 궁형(宮刑)을 내린다. 그는 죽음을 생각했으나 뜻을 굽히지 않고 굴욕을 견뎠다. 오로지 『사기』편찬의 유업을 완수하려는 집념 때문이었다. 그렇게 해서 고대 중국의 가장 위대한 역사서인 『사기』가 완성되었다. 그 기록은 칼춤이 멈춘 자리, 도마 위에 새겨진 혈서였다.

언뜻 보면 ‘부엌사(역사)’는 칼자루를 쥔 자들이 “거침없이 휘두르는 비검무에” 의해 쓰이는 듯 보인다. 그러나 “자세히 들(듣)”어 보면, “흡반 같은 밀착”으로 “칼 소리를 받아 삼키고 있”는 ‘도마’의 ‘수신(修身)’이 들려온다. 피할 수 없는 고난과 역경 속에서도 “꿋꿋이 외길을 가며”, “표정도 당당하”게 칼을 맞는 사람이 보인다. “역사는 강자의 편, 승자의 기록”이라는 통념과 달리, “역사는 기록하는 자의 것”이라는 믿음으로 피를 찍어 문장을 쓰는 사람이 보인다. 시를 쓰는 사람도 거기에 있다.

세상이 어지러울수록, 진실을 감추려는 칼춤이 거세질수록, 인류 앞에 “몸을 내쳐 얻은 음식”으로 ‘진상’되기를 꿈꾸며 진실을 기록하는 사람이 있다. 기록은 그런 것이다. 피할 수 없을 때 외면하지 않고, 끝까지 버티며 써내는 것. 진실을 향한 외길. 태사공 사마천이 말했듯, “바른 것을 북돋우고, 자신에게 주어진 때를 잃지 않고, 천하에 공명을 세우는 사람들을 위해", 「열전」은 존재한다. 그런 사람의 자리 위에서는, "결국 칼이 물러앉는다".

그러니 기록하자. 진실을.
누군가 칼춤을 추는 세상에서도, 도마 위에서 꿋꿋이 쓰는 사람이 있어야 하니까.

이만섭(李萬燮)은 1954년 전라북도 고창에서 태어났다. 2010년 《경향신문》 신춘문예에 「직선의 방식」이 당선되며 등단했다. **시집**으로는 『말들이 돌아오는 시간』, 『눈썹수첩』, 『우주의 의자』, 『늦은 산책』, 『이 땅의 푸른 사람』 등이 있다.

 시는 그렇게 말을 건다

3부 가을

가장 아름다운
열매를 위하여

가을의 기도 ^{김현승}

■출처 : 시집 『 가을의 기도 』, 미래사(1991).

가을에는
기도하게 하소서……
낙엽들이 지는 때를 기다려 내게 주신
겸허한 모국어로 나를 채우소서.

가을에는
사랑하게 하소서……
오직 한 사람을 택하게 하소서.
가장 아름다운 열매를 위하여 이 비옥한
시간을 가꾸게 하소서.

가을에는
호올로 있게 하소서……
나의 영혼,
굽이치는 바다와
백합의 골짜기를 지나,
마른 나뭇가지 위에 다다른 까마귀같이.

기도는 가능성의 호흡

흔히 "기도는 호흡"이라고 말한다. 하지만 그 진정한 의미를 깊이 이해하는 이는 얼마나 될까. 이와 관련해 덴마크의 종교 사상가 키에르케고르가 남긴 말은 곱씹어볼 가치가 있다.

"기도를 한다는 것은 호흡을 한다는 것이며, 가능성과 자기의 관계는 산소와 호흡의 관계와 같다. 그런데 인간이 산소만을 또는 질소만을 호흡할 수 없는 것처럼, 기도라는 호흡도 역시 가능성만을 또는 필연성만을 활용할 수는 없다. 기도를 하기 위해서는 신, 자기(정신), 가능성이 존재해야 한다."(『죽음에 이르는 병』)

그는 이어 이렇게 말한다. "자기의 본질이 근본적으로 감동되어 일체가 가능함을 깨달은 정신의 사람만이 신과의 관계에 이르렀다고 말할 수 있다." 그리고 "신의 의지가 인간에게 실현 가능성이 있음으로써만 우리는 자신에 대해 기도할 수 있는 것"이라고 덧붙인다.

그렇다면 "자기의 본질이 근본적으로 감동되는 때"란 언제일까?

그것은 아마도 이 시에서처럼, 온전히 절망하는 인생의 가을, "낙엽들이 지는 때"일 것이다. 그럼에도 불구하고 기도를 통해 "겸허한 모국어로 나를 채우"는 바로 그 가능성의 순간, 우리는 "한 사람"을 진정으로 사랑할 수 있고, 유한하지만 "비옥한 시간" 속에서 "아름다운 열매"를 맺게 된다. 그리하여 절망을 딛고 영원을 향해 조용히 상승하게 된다.

신 앞의 단독자로서 우뚝 선 시인이 고도의 정신력으로 짧은 세연 속에 응축해 낸 유한성과 무한성, 육체와 영혼, 성속(聖俗)의 향방 앞에 자연스레 옷깃을 여미게 된다.

김현승(金顯承, 아호: 다형(茶兄))은 1913년 평양에서 태어나 1919년 전라남도 광주로 이주했으며, 1975년 영면했다. 평양 숭실중학교를 졸업하고, 숭실전문학교 문과를 수료했다. 1934년 《동아일보》에 「쓸쓸한 겨울 저녁이 올 때 당신들은」을 발표하며 등단했다. 1946년 숭일학교 초대 교감을 지냈으며, 이후 조선대학교 문리대학 부교수, 전북대학교 대학원 및 연세대학교 대학원 국문학과 강사, 숭실대학교 문리대학장으로 재직했다. 계간지 《신문학》 창간을 주재했으며, 한국문학가협회 상임위원, 한국문인협회 시분과위원장 및 부이사장, 기독교문화협회 위원장, 크리스찬문학회 회장을 역임했다. 한국시인협회 제1회 시인상을 거부한 일화로도 알려져 있으며, 제1회 전라남도문화상, 서울특별시문화상을 수상했다. **시집**으로는 『김현승 시초(詩抄)』, 『옹호자의 노래』, 『견고한 고독』, 『절대 고독』, 『김현승시전집』, 『마지막 지상에서』 등이 있다.

가을날 라이너 마리아 릴케

주여, 때가 되었습니다.
여름은 참으로 위대했습니다.
해시계 위에 당신의 그림자를 얹어놓고
들판에 바람을 풀어놓아 주옵소서.

마지막 과실들이 무르익게 재촉하시고
이틀만 더 남국의 햇볕을 허락하시어
무거운 포도송이에 마지막 단맛이 스며들게 하옵소서.

지금 집이 없는 사람은 이제 집을 짓지 않습니다.
지금 고독한 사람은 이후로도 오래도록 고독하게 남아
밤새도록 자지 않고 책을 읽으며 긴 편지를 쓸 것입니다.

낙엽들이 바람에 어지러이 흩어질 때
불안스레 가로수 사이를 이리저리 헤매일 것입니다.

■출처 : 번역 앤솔로지 『영원한 사랑의 기도』, 국학자료원(1996) (일부 번역 가필).

가을은 내적 성숙의 때

가을은 사색의 계절이다. 사색은 우리의 눈을 외면에서 내면으로 향하게 하며, 점차 깊어지게 한다. 눈이 깊어진다는 것은 마음이 깊어진다는 뜻이며, 깊어진 마음은 자신의 참모습을 바라보고 존재의 본질을 꿰뚫게 한다.

존재의 본질이란 곧 신비이다. 알아도 알아도 다 알 수 없는 것, 오직 자연 사물을 통해서만 잠시 그 모습을 드러내며, 신과의 합일 속에서만 느껴지는 어떤 것이다. 위대한 시인은 그것을 포착하여 형상화함으로써, 사람들로 하여금 가능한 오래 그곳에 머무르게 한다. 그곳은 '신의 언어의 집'이다.

릴케는 『젊은 시인에게 보내는 편지』에서 이렇게 쓴 바 있다. "당신은 자기의 밖을 내다보고 계십니다. 그러나 이제는 무엇보다도 그러지 말아야 할 때가 되었습니다." 젊은 시인에게 보내는 이 "때가 되었습니다"라는 말은 이 시의 첫 구절과 포개어진다. 그것은 성숙(회심)과 결실(심판)의 시기가 도래했다는 뜻으로 읽힌다. 릴케의 인생이 여행의 연속이었으며, 시인으로서 자아 탐구와 실험, 성장을 위한 지난한 여정이었음을 고려할 때, 그의 글에서 느껴지는 '때'의 울림은 더욱 깊다.

부모의 불화와 이혼 등으로 인해 불행했던 유소년기, 잇따른 학업 실패와 실연 등을 겪은 청년기를 지나, 불안과 질병, 가난 속에서 평생 떠돌이 생활을 했던 그에게서 어찌 이토록 아름다운 시가 나올 수 있었을까. 값싼 감상의 나열에서 시작하여, 삶의 언어를 환히 밝히는 은유의 거장이 되기까지, 시인은 얼마나 많은 '밤'을 지새며 "책을 읽고 긴 편지를 썼"을까.

시인의 치열한 삶과 창작열은 마치 자연의 여름처럼 "참으로 위대했다." 여름이 그 불볕 속에서 과실을 영글게 하듯, 시인은 고난 속에서 작품을 여물게 했다. 그러므로 "포도송이에 마지막 단맛이 스며들" 수 있도록 "이틀만 더 남국의 햇볕을 허락해 달라"고 기도하면서도, 그는 여전히 '고독'과 '불안' 속으로 더 깊이 침잠해 들어간다.

이 가을날, 필자 또한 기도한다. 모든 삶의 고난 가운데서도 "무거운 포도송이"와 같은 언어의 집을 짓고 있는 사람들의 삶과 시에 "이틀만 더 남국의 햇볕을 허락하시어/마지막 단맛이 스며들게 하여 주옵소서."

라이너 마리아 릴케(Rainer Maria Rilke)는 1875년 오스트리아-헝가리 제국 프라하에서 태어나 1926년 영면했다. 소년군사학교를 졸업했으나 고등군사학교는 중퇴했으며, 린츠 실업학교에서 퇴학당한 후 프라하 대학과 뮌헨 대학 등에서 수학했다. 유럽 전역을 여행하며 예술가들과 교류했으며, 로댕의 비서로도 일하며 문학적 성숙을 이뤘다. 독일어권 현대시의 대표적 시인으로, 신비주의와 실존적 사유가 결합된 작품 세계를 구축하였다. **시집**으로는 『삶과 노래』, 『가신봉제』, 『꿈의 관을 쓰고』, 『강림제』, 『나의 축제』, 『형상시집』, 『기도시집』, 『기수(旗手) 크리스토프 릴케의 사랑과 죽음의 노래』, 『신시집』, 『진혼곡』, 『구시집』, 『마리아의 생애』, 『첫시집』, 『두이노의 비가』, 『오르페우스에 바치는 소네트』, 『과수원』, 『장미』 등이 있다.

님의 침묵(沈默) ^{한용운}

님은 갔습니다. 아아 사랑하는 나의 님은 갔습니다.

푸른 산빛을 깨치고 단풍나무 숲을 향하여 난 작은 길을 걸어서 차마 떨치고 갔습니다.

황금의 꽃같이 굳고 빛나던 옛 맹세는 차디찬 티끌이 되어서, 한숨의 미풍에 날아갔습니다.

날카로운 첫 '키쓰'의 추억은 나의, 운명의 지침을 돌려놓고, 뒷걸음쳐서, 사라졌습니다.

나는 향기로운 님의 말소리에 귀먹고, 꽃다운 님의 얼굴에 눈멀었습니다.

사랑도 사람의 일이라, 만날 때에 미리 떠날 것을 염려하고 경계하지 아니한 것은 아니지만, 이별은 뜻밖의 일이 되고 놀란 가슴은 새로운 슬픔에 터집니다.

그러나 이별을 쓸데없는 눈물의 원천을 만들고 마는 것은 스스로 사랑을 깨치는 것인 줄 아는 까닭에, 걷잡을 수 없는 슬픔의 힘을 옮겨서 새 희망의 정수박이에 들어부었습니다.

우리는 만날 때에 떠날 것을 염려하는 것과 같이, 떠날 때에 다시 만날 것을 믿습니다.

아아 님은 갔지마는 나는 님을 보내지 아니하였습니다.

제 곡조를 못 이기는 사랑의 노래는 님의 침묵을 휩싸고 돕니다.

■출처 :『한용운 시전집』, 서정시학(2014). (일부 현대어로 수정)

님의 침묵을 휩싸고 도는 사랑의 노래

"인간은 무명(無明)과 삶에 대한 욕망 때문에 병에 걸리는 것이
며, 나도 또한 그렇습니다. 만일 일체중생의 병이 없어진다면 내
병도 없어질 것입니다. 왜냐하면 보살은 중생을 위하여 생사에 들
어가는 것이요, 생사가 있으면 병이 있습니다. 만일 중생이 병을
여의면 보살도 병이 없을 것입니다."(『유마경』)

'거리의 도인'이라 불리며 대승불교의 이상형으로 회자된 유마
힐은 석가의 청을 받아 병문안을 온 문수보살에게 이처럼 말하였
다. 이는 중생과 자신을 하나로 여겨 대자비심을 일으키는 보살행
(菩薩行)을 보여준 예로, 재가 불자였던 유마거사가 출가 비구인
문수보살에게 병을 방편 삼아 승속(僧俗)을 초월한 불이(不二)의
법문(法門)을 열어 보인 장면이다.

"보살이 불이법문을 깨닫는 것은 어떤 경지인가?"

이에 대해 32명의 보살들은 저마다 생(生)과 멸(滅), 나(我)와 나
의 소유물(我所), 생사와 열반, 세간과 출세간, 지혜와 무명(無明),
선(善)과 불선(不善), 어둠과 밝음, 결박과 해탈, 정도(正道)와 사도
(邪道), 진실과 허위, 물질적 현상(色)과 그 현상이 공한 것(色空) 등
쌍(雙)의 구조를 나누고 가르며 맞서는 것 자체를 초월하는 것이
곧 그 경지에 드는 것이라 답하였다.

그러자 문수보살은 그것을 설명하거나 안다고 하는 것 자체, 즉 질문과 대답마저 떠나는 것이야말로 '불이의 문'에 들어서는 길이라고 설하였다. 그리고 유마힐의 견해를 물었다. 이에 유마거사는 '묵연무언(默然無言)'으로 아무 말 없이 답했고, 그 실천에 감탄한 문수보살을 비롯해 그 자리에 모인 5천 보살이 모두 불이법문에 들어 '무생법인(無生法忍)'—존재하는 모든 것은 본래 태어난 바 없다는 깨달음의 확신—을 얻게 되었다고 한다.

시종 역설의 언어로 이루어진 이 시는 '만남'과 '이별'이라는 대립 구조를 따라 전개되며, 유마힐의 '불이법문(不二法門)'을 통해서 비로소 그 구조의 참뜻에 다가설 수 있게 된다. 이 시를 윤회사상의 맥락에서 '회자정리(會者定離) 거자필반(去者必返)'으로도 읽을 수 있지만, 그보다는 '불이법문'의 시선으로 바라보아야 자신의 자리에서 '사랑'이라는 깨달음을 묵묵히 실천한 시인의 삶과 시를 더욱 깊이 이해할 수 있다.

그러한 깨달음의 정신은 일생을 승려로 살며 불교의 개혁과 현실 참여를 외쳤던 만해 시인의 시 세계를 지탱하는 뿌리이기도 하다. 그는 국권을 잃은 암울한 시기에 독립운동에 헌신하고 옥고를 치르면서도 저항을 멈추지 않았다.

바로 그 정신이 "이별을 쓸데없는 눈물의 원천을 만들고 마는 것은 스스로 사랑을 깨치는 것인 줄 아는 까닭에, 걷잡을 수 없는 슬픔의 힘을 옮겨서 새 희망의 정수박이에 들어부었습니다"라고 노래하게 하였을 것이다. 또한 그 정신에서 길어 올린 "제 곡조를 못 이기는 사랑의 노래"가 "님의 침묵을 휩싸고 도"는 노래가 되어, 이 세상의 차별과 억압을 존중과 자유로 전환시켜 나가는 희망의 노래가 되었을 것이다.

'불이법문'에서 '불이'는 대승불교의 대표적 개념어로서, "둘이 아니며" 따라서 "다르지 않다"는 의미를 지닌다. 이는 부처와 중생, 깨달음과 무명, 성과 속, 나와 남이 다르지 않다는 '자타불이(自他不二)'의 세계관을 드러낸다. 하지만 여기서의 '불이'는 '불일불이(不一不二)'의 줄임말로, "둘이 아니다"라고 할 때는 "하나가 아니다"라는 사실을 전제로 한다. 결국 '불이'는 획일화된 평등이 아니라, 다름과 개성을 인정하고 존중하는 다양성과 자유의 평등을 의미한다고 보아야 한다. 다소 비약처럼 보이더라도, 그렇게 읽는 것이 「님의 침묵」이라는 시를 현재화하는 일일 것이다.

개인과 사회는 끊임없이 만남과 이별을 반복하며 오늘을 살아간다. 어제의 만남이 내일의 이별로 이어지고, 내일의 이별이 다시 모레의 만남으로 이어진다. 감정과 사상은 시시각각 달라지지만, 변하지 않는 것은 '사랑' 그 자체일 뿐이다. 어떻게 하면 더 진실한 '사랑의 노래'로, 사랑 그 자체인 '님의 침묵'을 휩싸고 돌 수 있을까. 그것이야말로 현재를 살아가는 우리가 매 순간 기억하고 실천해야 할 영원한 과제일 것이다.

한용운(韓龍雲, 본명: 정옥(貞玉), 아명: 유천(裕天), 법명: 용운(龍雲), 법호: 만해(萬海, 卍海))은 1879년 충청남도 홍성에서 태어나 1944년 영면했다. 여섯 살부터 향리 서당에서 한학을 수학했고, 1896년 설악산 오세암에 입산하여 출가했으며, 1905년 설악산 백담사에서 득도하였다. 1910년 『조선불교유신론』을, 1914년에는 『불교대전』과 『채근담 주해본』을 저술하였고, 1918년에는 월간 《유심》을 창간하였다. 1919년 3·1운동에 불교계 대표로 참여했고, 만세 사건의 주동자로 지목되어 3년간 옥고를 치렀으며, 1927년에는 신간회 결성에 참여해 중앙집행위원과 경성지회장을 겸직했다. 1930년 《불교》 잡지를 인수하여 사장으로 활동했다. 그의 독립운동 공로를 인정받아 1962년 대한민국장(大韓民國章)이 추서되었다. **시집**으로는 『님의 침묵』(1920)이 있다.

논개 _(論介) 변영로

거룩한 분노는
종교보다도 깊고
불붙는 정열(情熱)은
사랑보다도 강하다
　아, 강낭콩꽃보다도 더 푸른
　그 물결 위에
　양귀비꽃보다도 더 붉은
　그 '마음' 흘러라.

아리땁던 그 아미(娥眉)
높게 흔들리우며
그 석류(石榴) 속 같은 입술
'죽음'을 입맞추었네!
　아, 강낭콩꽃보다도 더 푸른
　그 물결 위에
　양귀비꽃보다도 더 붉은
　그 '마음' 흘러라.

흐르는 강(江)물은

길이길이 푸르리니

그대의 꽃다운 혼

어이 아니 붉으랴

　아, 강낭콩꽃보다도 더 푸른

　그 물결 위에

　양귀비꽃보다도 더 붉은

　그 '마음' 흘러라!

■출처 : 시집 『조선의 마음』, 이프리북스(2013).

푸른 물결 위의 붉은 마음

"한 사람의 인간이 인간인 것은 초인(surhomme)이 되는 비율에 따라서이다."(『물과 꿈』) 프랑스의 사상가 가스통 바슐라르의 이 말은 밋밋한 일상의 '수평적 시간'을 따라 타성적으로 흘러가는 것이 아니라, 삶의 매 순간을 높이와 깊이가 있는 '수직적 시간'으로 살아내려는 인간의 창조성에 대한 찬미라 할 수 있다. 바슐라르가 언급한 '초인'은 니체의 초인(Übermensch)과는 다른 개념으로, "그는 '한없이 처음부터 몇 번이고 반복되는 고독'을 견디면서 순간순간마다 시간의 본질에 충실한 삶을 높게 그리고 깊이 살려고 시도하는 성실한 역동적 인간을 가리킨다."(이가림, 『순간의 미학』)

'순간의 미학'을 말하자면 논개만큼 삶의 한순간을 높고 깊게 살아낸 사람이 있을까. 또 변영로의 이 시만큼 논개의 순간을 높고 깊게 형상화해 낸 시가 또 있을까. 변영로 시인은 임진왜란 당시 왜장과 함께 진주 남강에 투신한 조선시대의 의기(義妓) 논개(論介)의 정신을 시화(詩化)함으로써, 그 자신 '식민지 시대'라는 억압의 지속으로부터 스스로를 해방시키고 있다. 바슐라르의 정의에 따르자면, 외세의 침탈과 억압이 일상화된 '수평적 시간'의 한순간을 '의로운 죽음'과 '시화'를 통해 '수직적'으로 살아낸 논개와 변영로는 모두 초인이라 할 수 있다.

이 시는 신문학 초기에 등장한 신시로서, 고도로 압축된 시구

속에 빼어난 서정과 주제 의식, 기교를 두루 갖춘 작품으로 평가
된다. 특히 자연물을 활용한 선명한 색채 대비, 대조·반복·중의·직
유·설의·영탄 등 다양한 비유법의 사용과 함께 직관에 따른 심리
현상의 감각적 형상화가 돋보인다.

시인은 이 시를 통해 일제에 빼앗긴 '조선의 마음'을 되찾았다
고도 할 수 있겠다. 그랬기에 이 시를 담은 시집 『조선의 마음』은
1924년 발행되자마자 판매 금지되어 모두 압수되는 불행을 겪게
된다. 하지만 지금, "죽음을 입맞추었"던 기생 논개는 고결한 민
족정신의 표상인 '의암(義巖)'으로 거듭났고, 시집을 빼앗겼던 시
인 변영로는 '민족시인'으로 문단사에 길이 남게 되었다.

인간의 역사는 아이러니의 연속이다. 인간사회에서 겉으로 드
러난 것과 실제 사이의 괴리는 몰락할 영웅이라는 비극적 아이러
니를 낳기도 하지만, 반영웅이 영웅이 되고 기생이 의인이 되는
희극을 만들어내기도 한다. 논개가 생존을 위해 아름다움을 파는
기생에서 의기(義妓)로 거듭난 까닭은 무엇일까. 시인은 그 이유
를 "거룩한 분노"와 "불붙는 정열"에서 찾는다. 논개의 '분노'와
'정열'은 '종교'보다 깊고 '사랑'보다 강했기에, "강낭콩꽃보다도
더 푸른" 역사의 물결 위에 "양귀비꽃보다도 더 붉은/그 마음(애
국심)"이 흐르게 되었다고 시인은 찬탄한다.

　　분노는 지나치게 억압하거나 표출했을 때 문제가 되지만, 적절히 조절하여 사용한다면 긍정적인 변화의 에너지가 될 수 있다. 특히 사회 공동체의 옳고 바른 도리가 무너졌을 때 대다수의 사람들이 함께 분노하는 '공분(公憤)'은 사회의 불의와 부정을 바로잡는 원동력이 된다. 더욱이 이 시에서처럼 자기희생이 따르는 '거룩한 분노'는 공적인 차원의 분노로서 "종교보다도 높은" 가치를 지니게 된다. 그러므로 무언가 잘못되어 갈 때 자기의 일부분을 희생하며 함께 분노하고, "불붙는 정열"이라고 하는 적극적인 추진력으로 행동하는 사람이 많은 공동체는 더 나은 방향으로 변화하고 성장해 갈 수 있을 것이다.

변영로(卞榮魯, 아명: 영복(榮福), 아호: 수주(樹州))는 1898년 서울(한성부 남서 회현방)에서 태어나 1961년 영면했다. 경성 중앙학교(현 서울 중앙고등학교)를 중퇴하고, 미국 새너제이 주립대학교 영어영문학과를 중퇴했다. 1918년 《청춘》에 영시 「코스모스(Cosmos)」를 발표하고, 1921년 《신천지》 1호에 시를 발표하며 문단 활동을 시작했다. 1922년 《신생활》에 대표작 「논개」를 발표하면서 민족시인으로 주목받았고, 이후 동아일보 기자, 중앙학교·이화여자전문학교 교사, 성균관대학교 영문학과 교수, 해군사관학교 영어교관, 대한공론사 이사장을 역임했다. 또한 국제펜클럽 한국본부 초대 회장을 지냈으며, 서울시문화상을 수상했다. **시집**으로는 『조선의 마음』, 『수주시문선』, 『Grove of Azalea』(영문시집), 『Korean Odyssey』(영문시집), 『수주 변영로 시전집』 등이 있다.

승무(僧舞) 조지훈

얇은 사(紗) 하이얀 고깔은 고이 접어서 나빌네라

파르라니 깎은 머리 박사(薄紗) 고깔에 감추오고
두 볼에 흐르는 빛이 정작으로 고와서 서러워라

빈 대(臺)에 황촉(黃燭)불이 말없이 녹는 밤에
오동잎 잎새마다 달이 지는데

소매는 길어서 하늘은 넓고
돌아설 듯 날아가며 사뿐이 접어 올린 외씨보선이여

까만 눈동자 살포시 들어
먼 하늘 한 개 별빛에 모두오고

복사꽃 고운 뺨에 아롱질 듯 두 방울이야
세사에 시달려도 번뇌(煩惱)는 별빛이라

휘어져 감기우고 다시 접어 뻗는 손이
깊은 마음 속 거룩한 합장(合掌)인 양하고

이 밤사 귀또리도 지새우는 삼경(三更)인데

얇은 사(紗) 하이얀 고깔은 고이 접어서 나빌네라.

■출처 : 전집 2권 『시의 원리』, 나남출판(1996).

고와서 서러워라, 고요히 나빌네라

"시란 지(知)·정(情)·의(意)가 합일된 그 무엇을 통하여 최초의 생명의 진실한 아름다움을 영원한 순간에 직관적으로 포착하여 이를 형상화한 것이다."

필자가 과문한 탓인지, 조지훈 시인이 1955년 『현대문학』 창간호에 쓴 이 말보다 더 적확하고 포괄적인 시에 대한 정의는 접하지 못했다. 시는 시인이 낳은 하나의 생명이다. 시로서 형상화한 생명이란, 우리의 지·정·의를 합일하고 초월한 그 무엇으로서 살아 있으며, 때로 영원히 살아남는다.

조지훈 시인은 「승무」를 구상하고 한성준과 최승희의 승무를 보았고, 어느 승려의 춤도 보았다. 그는 특히 승려의 춤을 사랑하여 시로 쓰고자 했으나 쉽게 다가가지 못해 오랫동안 고심했다고 한다. 그러던 중 한 미술 전람회에서 김은호 화백의 '승무도'를 보게 되었고, 그제야 시를 구체적으로 구성할 수 있게 되었다고 한다.

"구상한 지 열한 달, 집필한 지 일곱 달 만에 겨우 이루어졌다"는 이 시 속에서, 시인은 사라져가는 것에 대한 아쉬움을 "고이 접어서 나빌네라"라는 구절로 표현하여 영원 속에 고이 갈무리해 두었다. "고와서 서러워라"나 "번뇌는 별빛이라"와 같은 역설적 시구들을 통해, 우리는 고운 꽃도 시들 수밖에 없는 존재의 서러운 운명과 함께, 번뇌의 종교적 승화와 동양적 고전미의 정수를 동시에 맛

보게 된다. 무슨 해설이 더 필요하랴.

말이 말을 낳는 소란스러운 시대에 조용히 음미할 수 있는 한 편의 시가 있으니 얼마나 다행인가. 세심한 시어의 선택과 오랜 시간을 들여 다듬어 완성한 시 한 편이, 거칠고 무감각한 말들의 잔치를 무색하게 만든다.

조지훈(趙芝薰, 본명: 동탁(東卓))은 1920년 경상북도 영양에서 태어나 1968년 영면했다. 조부에게서 한학(漢學)을 수학하고, 독학으로 중등 과정을 마친 후 혜화전문학교 문과를 졸업했다. 1939~1940년 《문장》 지에 「고풍의상」·「승무」·「봉황수」가 추천되며 등단했고, 동인지 《백지(白紙)》를 발간하며 문단 활동을 본격화했다. 1942년 조선어학회 『큰사전』, 한글학회 『국어교본』, 진단학회 『국사교본』 편찬원으로 참여했으며, 1945년 조선문화건설협의회 회원으로 활동했다. 1946년 박목월, 박두진과 함께 시집 『청록집』을 간행해 '청록파'라는 명칭으로 불리게 되었다. 1950년에는 종구국대 기획위원장과 종군문인단 부단장을 역임했으며, 이후 경기여자고등학교 교사와 고려대학교 문과대학 교수로 재직했다. 한국문학가협회 창립위원, 한국시인협회, 한국신시60년기념사업회 회장을 역임했고, 자유문학상을 수상했으며, 사후 금관문화훈장이 추서되었다. **시집**으로는 『청록집(靑鹿集)』, 『풀잎단장(斷章)』, 『조지훈 시선』, 『역사 앞에서』, 『여운(餘韻)』이 있다.

흰 밤 ^{백 석}

옛성(城)의 돌담에 달이 올랐다
묵은 초가지붕에 박이
또 하나 달같이 하이얗게 빛난다
언젠가 마을에서 수절과부 하나가 목을 매여 죽은 밤도
이러한 밤이었다

■출처 : 시집『나와 나타샤와 흰 당나귀』, 다산초당(2005).

흰 달, 흰 돌, 그리고 흰 밤

백석(白石)은 소월(素月)을 본떠 지은 이름이다. 생전에 만난 적은 없었지만, 동향인이며 오산고보의 선배였던 소월의 시세계와 인품을 백석은 흠모했다고 한다.

"나는 며칠 전 안서 선생님한테로 소월이 생전 손으로 놓지 않던 '노트' 한 권을 빌려 왔다. 장장이 소월의 시와 사람이 살고 있어서 나는 이 책을 뒤지면서 이상한 흥분을 금하지 못한다."

— 백석, 「소월과 조선생」

'흰 달'과 '흰 돌'이라는 의미의 그 이름들에는 흰빛을 귀히 여겼던 우리 민족의 넋이 깃들어 있다. 그것은 일제강점기의 암흑을 거치면서도 꺼뜨리지 않은 민족 얼의 빛깔이었다. 그러한 사상은 이 짧은 시에도 압축되어 있다.

1935년 《조광(朝光)》지에 실린 이 시는 흰빛의 이미지들로 가득하다. 하지만 이 시의 참된 가치는, 이미지들이 끝까지 대비와 병치로 엮여 있다는 데 있다. '흰'과 '밤', '돌담'과 '달', '초가지붕'과 '박', '밤'과 '수절과부'에 이르기까지—상반된 이미지의 긴장 속에서, 부드러운 빛이 어둠을 이겨내는 조용한 승리가 펼쳐진다.

그 승리는 상대를 무너뜨리는 것이 아니라, 포용하여 조화를 이루는 방식이다. 조선의 '흰 밤'이 러시아의 '백야(白夜)'와 다른 이

유가 여기에 있다. 만일 이 시의 제목이 '백야'였다면, 주제의 생명력은 살아나지 않았을 것이다. 낮의 연장인 백야가 이성의 빛이라면, '흰 밤'은 감성의 그림자 안에 피어난 지혜다.

그러므로 '흰 밤'은 역설의 미학으로 살아나는 아름다움의 밤이다. 그것은 세상을 구원하는 진리의 밤이며, 시의 밤이다. 순후한 시심과는 거리가 먼, 냉소와 기교로 무장한 시가 범람하는 요사이, 시인에서 시인으로, 시에서 시로 면면히 이어져 오던 우리 시의 숨결을 다시 짚어내는 일은 기꺼운 일이라 하겠다.

"옛성의 돌담"이나 "묵은 초가지붕"처럼 무너져가는 시의 밤에, 흰 달이나 하이얀 박, 수절과부의 소복과 같이 희고 둥근 이미지 하나 떠올릴 수 있다면, 기쁨이 흰 밤처럼 고요히 피어오르겠다.

백석(白石, 본명: 기행(蘷行))은 1912년 평안북도 정주에서 태어나 1996년 영면했다. 오산보통학교와 오산고등보통학교를 거쳐 일본 아오야마 가쿠인대학을 졸업했다. 1930년 《조선일보》 신춘문예에 소설 「그 모(母)와 아들」이 당선되며 문단에 등장했고, 1935년 시 「정주성」 발표로 등단했다. 해방 이후에는 우익 문인 활동으로 인해 북한 문단에서 소외되었다. **시집**으로는 『사슴』과 『백석문학전집』(총 2권)이 있다.

강강술래 ^{이동주}

여울에 몰린 은어(銀魚)떼

삐비꽃 손들이 둘레를 짜면
달무리가 비잉빙 돈다

가아웅 가아웅 수우워얼래에
목을 빼면 설움이 솟고……

백장미(白薔薇)밭에
공작(孔雀)이 취했다

뛰자 뛰자 뛰어나 보자
강강술래

뇌누리에 테이프가 감긴다
열두 발 상모가 마구 돈다

달빛이 배이면
술보다 독한 것

〉
기폭(旗幅)이 찢어진다
갈대가 스러진다

강강술래
강강술래

■출처 : 시집 『강강술래』, 호남공론사(1955).

달빛이 배이면 술보다 독한 것

"더도 말고 덜도 말고 한가위만 같아라."는 말처럼, 풍요로움이 가득한 한가위가 어느새 지나갔다. 『열양세시기』에 따르면, 추석은 "이달에 만물이 성숙하고 또 중추가절이라고 칭하므로 민간에서는 제일 중히 여긴다. 이날 아무리 궁벽한 시골의 가난한 집이라도 으레 모두 쌀로 술을 빚고 닭을 잡아먹는다. 안주나 과일도 분수에 넘치게 가득 차린다."라고 전한다. 농경사회였던 옛 시절, 사람들은 수확의 기쁨과 풍요를 온몸으로 누리며 명절을 맞았음을 짐작게 한다.

그 풍요의 의미는 시대에 따라 달라져 왔다. 현대에 들어서는 레저나 여행을 통해 여유를 누리는 모습이 익숙해졌다. 실제로 2017년 추석 열흘 연휴 동안, 인천공항은 131만여 명의 여행객들로 가득 찼다. 그러나 명절 본래의 정서는 점차 공허해지고 있는 듯하니, 필자만의 감상은 아닐 것이다.

아무리 세상이 바뀌었다 해도, 원시시대의 제천 행사로부터 신라의 가배, 조선의 한가위로 이어져 온 우리 민족의 으뜸 명절인 추석의 전통이 완전히 사라지지는 않을 것이다. 그러하기에 '추석'이라 하면 자연스레 '보름달'을, 보름달 아래 '강강술래'를 떠올리게 된다. 한가위 보름달 아래, 꽃다운 여인네들이 "삐비꽃 손"에 손을 잡고 '달무리'처럼 원을 그리며 춤추는 모습은 상상만으로도 마음을 뭉클하게 한다.

이 시는 그런 풍경을 현실의 감각으로 끌어낸다. 청각적 리듬과 시각적 형상이 "달빛이 배이면/술보다 독한 것" 같은 절묘한 시구와 어우러지며, 진양조에서 중모리, 중중모리, 자진모리로 이어지는 전통 춤의 가락처럼 점점 고조된다. 흥기와 절정, 터질 듯 스러질 듯한 감정의 흐름이 마침내 하나의 원무로 수렴되는 순간, 우리는 시간 너머의 추석을 다시 만난다. 영원한 원무, 강강술래처럼.

이동주(李東柱)는 1920년 전라남도 해남에서 태어나 1979년 영면했다. 혜화전문학교를 중퇴하고, 1940년 《조광》 지에 「귀농(歸農)」을 발표하였으며, 1950년 《문예》 지에 「황혼」·「새댁」·「혼야(婚夜)」가 추천되며 등단했다. 전남신문 문화부장과 연합신문 문화부 차장을 거쳤고, 전북대학교·원광대학교·숭실대학교·서라벌예술대학·성신여자사범대학교에서 강의했다. 한국문인협회 시분과위원장 및 부이사장, 월간 《문학》 상임 편집위원으로 활동했으며, 전라남도문화상, 한국문인협회상, 5월문예상을 수상했다. **시집**으로는 『혼야』, 『강강술래』, 『산조(散調)』, 『산조여록(散調餘祿)』이 있다.

달이 빈 방으로 ^{최하림}

달이 빈 방으로 넘어와
누추한 생애를 속속들이 비춥니다.
그러고는 그것들을 하나하나 속옷처럼
개켜서 횃대에 겁니다 가는 실밥도
역력히 보입니다 대쪽 같은 임강빈 선생님이
죄 많다고 말씀하시고, 누가 엿들었을라,
막 뒤로 숨는 모습도 보입니다 죄 많다고
고백하는 이들의 부끄러운 얼굴이 겨울바람처럼
우우우우 대숲으로 빠져나가는 정경이 보입니다.
모든 진상이 너무도 명백합니다.
나는 눈을 감을 수도 없습니다.

■출처 :『최하림 시 전집』, 문학과지성사(2010).

속속들이 비추는 달빛 앞에서

달빛이 얼마나 밝기에 "누추한 생애를 속속들이 비추"고, '그것들'의 "가는 실밥"까지 "역력히 보이"게 할까. 다소 과장처럼 들릴 수도 있지만, '달'이라는 사물을 끌어와 우리 존재의 '진상'을 드러내려는 시적 상상력은 치열하다.

여기에 "대쪽 같은 임강빈 선생님"이 등장하고, "고백하는 이들의 부끄러운 얼굴"이 드러나며, 시는 점차 시야의 확장과 의미의 심화를 꾀한다. '달'이라는 진리의 빛, 양심의 빛 아래에서 스스로 '죄' 없다고 당당히 버틸 사람은 없다는 것. 그러한 "너무도 명백한" '진상(眞相)' 앞에서 시인은 "눈을 감을 수도 없습니다."라고 고백한다.

달 부처에 의해 깨달음을 얻은 것일까. 정안(淨眼)이 열린 것일까.

불교의 육조 혜능은 사람의 마음에 대해 다음과 같이 말했다.
"내게 한 물건이 있는데 머리도 꼬리도 없고, 이름도 문자도 붙일 수 없으며, 위로는 하늘을 받쳐주고 아래로는 땅을 버텨주면서 밝기는 해와 달보다 밝고, 어둡기는 칠흑보다 어두운데, 항상 움직이고 쓰는 가운데 존재하지만, 움직이고 쓰면서도 거두어 가질 수 없는 것이 이것이다."

마음속 달을 밝혀 조심 또 조심하며, '죄'를 덜 지으며 살아가야
할 일이다.

최하림(崔夏林, 본명: 호남(虎男))은 1939년 전라남도 신안군에서 태어나 2010
년 영면했다. 목포고등학교를 졸업하고, 동국대학교 국어국문학과를 중퇴했다.
1961년 《조선일보》 신춘문예에 「회색 수기」가 입선하고, 1962년 동인지 《산문
시대》를 발간했으며, 1964년 《조선일보》 신춘문예에 「빈약한 올페의 초상」이
당선되며 본격 등단했다. 《지식산업사》·《열음사》 주간, 서울예전 출강, 한국일보
기자, 전남일보 논설위원 등을 역임했다. 제2회 올해의예술상 문학부문 최우수
상, 이산문학상을 수상했으며, **시집**으로는 『우리들을 위하여』, 『작은 마을에서』,
『겨울 깊은 물소리』, 『속이 보이는 심연으로』, 『굴참나무숲에서 아이들이 온다』,
『풍경 뒤의 풍경』, 『때로는 네가 보이지 않는다』가 있다.

9월의 편지 황금찬

옷장 밑 빼닫이에서
당신의 신발 한 짝을 내봅니다.
이것은 당신이 끌려가던 날 새벽
뜰악에 벗어진 당신의 신발입니다.

그 후 당신의 소식을 모릅니다.
첫 아이면서 막내둥이가 된
영희년은
벌써 국민학교 3학년이랍니다.

공백화해 가는 내 창 앞에
9월이 가져오는 이 편지를
어떻게 읽어야 하는 겝니까.

같은 하늘 밑에서 산다곤 믿어 안 지고
그렇다고 안 믿기란 믿기보다 어렵습니다.

혹 영희년이 병이 나면
아버지를 찾습니다.

그때처럼 당신이 미운 때는 없습니다.
나는 당신이 납치된 이유를 아직도 모릅니다.
그저 9월이면 하늘같은 사연으로
편지를 쓸 뿐,
그러나 보낼 곳이 없습니다.

손끝도 닿을 내 강토에
암암히 흐르는 이 강물은
우리들에게 칠월칠석도 마련하지 않고
납치의 달 9월은 가는 것입니다.

나는 지금 잠든 영희의 머리맡에서
이 편지를 쓰고 있습니다.
4292년에
또다시 9월의 편지를 쓰기 전,
당신은 소식 주십시오.

■출처 : 시선집 『보리고개』, 탐구당(1991).

보낼 곳 없는 9월의 편지

이 "9월의 편지"는 단기 4291년, 곧 서기 1958년에 쓰였다. 단기 4351년이 된 2018년을 기준으로, 꼭 60년 전 편지다. 세월이 이만큼 흘렀으니, 편지의 끝인사에 호응하여 "당신은 소식(을) 주"었을까. 그리하여 이 가족은 다시 한 지붕 아래 모여 살게 되었을까. 안타깝게도 그 간절한 염원을 담아 쓴 시 "보낼 곳 없는 편지"는 여전히 해마다 9월이면 되풀이되고 있다. 1950년 9월, 전쟁 중 황망히 끌려갔던 '당신'은 70년이 다 되어가는 지금까지도 생사의 소식조차 알 길이 없기 때문이다.

1952년, 우리 정부가 작성한 「6·25사변 피랍치자 명부」에 따르면 전시(戰時) 납북자는 무려 82,959명에 달한다. 그러나 이 문제는 휴전회담 당시 정치적 이유로 의제화되지 못했고, 납치를 부인하는 북한의 태도로 인해 이후의 남북회담에서도 다뤄지지 않았다. 우리 내부에서조차 '월북'이나 '실종'이라는 말로 진실이 희석되는 분위기였다. 그러니 그 가족들이 겪었을 고통은 감히 상상하기조차 어렵다.

"전쟁을 겪었던 분들이 하나둘 세상을 떠나기 시작하니까, '당연한 사실'이 '모호한 추정'으로 바뀌는 것에 너무 놀랐습니다. … 2000년대가 되니 역사가 설화로 바뀌더군요. 어느 순간부터 납북 사실 자체가 아득한 세월 속에 방치돼 버린 거죠."
— 이미일(6·25사변 납북자가족회 이사장)

"당신의 신발 한 짝"을 "옷장 밑 빼닫이"에 고이 간직한 채 한 해 또 한 해를 기다리던 그 세월은, 이제 아픈 기억을 안고 있던 사람들을 거의 다 앗아갔을 뿐 아니라, 통한의 역사 자체를 '공백화'해 가고 있는 것은 아닌가. 이 모든 아픔을 품고 치유해야 할, 통일의 길은 여전히 멀고도 아득하다.

황금찬(黃錦燦)은 1918년 강원도 속초에서 태어나 2017년 영면했다. 1953년 《문예》지에 「경주를 지나며」를 발표하며 등단했으며, 박목월 시인의 추천으로 《현대문학》에도 시를 기고했다. 강릉농업고등학교와 서울동성고등학교에서 교사로 재직했고, 추계예술학교 강사, 중앙신학대학 기독교문학과 교수로도 활동했다. 한국크리스찬문학가협회 회장과 《시마을》 대표를 역임했다. 시문학상, 월탄문학상, 한국기독교문학상, 대한민국문학상, 대한민국예술원상 등을 수상했고, 문화보관훈장을 받았다. **시집**으로는 『현장』, 『5월 나무』, 『나비와 분수』, 『오후의 한강』, 『산새』, 『구름과 바위』, 『한강』, 『한복을 입을 때』, 『기도의 마음자리』, 『물새의 꿈과 젊은 잉크로 쓴 편지』, 『옛날과 물푸레나무』, 『사랑 3』, 『조가비 속에서 자라는 나무들』, 『음악이 열리는 나무』, 『공상일기』, 『고향의 소나무』가 있다.

할머니 꽃씨를 받으시다 ^{박남수}

할머니 꽃씨를 받으신다.
방공호(防空壕) 위에
어쩌다 핀
채송화 꽃씨를 받으신다.

호(壕) 안에는
아예 들어오시질 않고
말이 숫제 적어지신
할머니는 그저 노여우시다.

— 진작 죽었더라면
이런 꼴
저런 꼴
다 보지 않았으련만……

글쎄 할머니,
그걸 어쩌란 말씀이서요.
숫제 말이 적어지신
할머니의 노여움을

풀 수는 없었다.

할머니 꽃씨를 받으신다.
인제 지구(地球)가 깨어져 없어진대도
할머니는 역시 살아 계시는 동안은
그 작은 꽃씨를 털으시리라.

■출처 : 시선집 『박남수 시선』, 지식을만드는지식(2012).

방공호 밖, 꽃씨를 받는 마음

전쟁의 참화 속에서도 희망의 몸짓을 멈추지 않으려는 '할머니'의 의지가 "채송화 꽃씨"처럼 단단히 반짝인다. 이 시는 6·25 전쟁 당시를 배경으로, 손자의 관점에서 쓰였다. 등장인물은 할머니와 손자뿐이며, 아들 세대는 등장하지 않음으로써 참전 중임을 암시한다.

우리는 "노여우시다"는 할머니의 감정과 "글쎄… 어쩌란 말씀이셔요."라는 손자의 말을 통해, 막막하고 절망적인 상황을 짐작할 수 있다. 또한 "진작 죽었더라면/이런 꼴/저런 꼴/다 보지 않았으련만"이라는 탄식은 근심과 원망이 섞인 할머니의 심정을 드러내는 동시에, "이런 꼴/저런 꼴/다 보"게 되는 자리로서의 '할머니'를 상징적으로 부각시킨다.

할머니라는 자리. 그것은 모든 것을 다 보면서도 아무것도 할 수 없는 자리이자, 비좁은 틈에서도 넓고 깊은 사랑을 품는 자리이다. 할머니는 '방공호'에 들어가 몸을 숨길 생각은 하지 않고, '호' 밖에서 "채송화 꽃씨를 받으신다." "꽃씨를 받는다"는 것은 생명을 잇기 위한 조용한 결심이다. 그것은 전쟁이라는 절멸의 시간과 극명하게 대비된다.

"채송화 꽃씨"는 꽃씨 중에서도 가장 작고 여린 종자다. 그 꽃씨를 받는 행위는 전쟁이라는 한계 속에서 할머니가 선택한 작지만 빛나는 결단으로 읽힌다. 인간은 어떤 상황에서도 주어진 한계 안에서 자유롭게 선택하고 책임지는 존재다. 다시는 전쟁 같은 불행이 닥쳐서는 안 되겠지만, 만약 그런 일이 생긴다면 우리는 방공호에만 숨어 있을 것인가, 아니면 호 밖에 나와 꽃씨를 받을 것인가.

6·25 발발 70주년을 맞았다. 국립묘지의 하얀 비석들과, 70년 만에 봉환되어 돌아오는 북녘의 국군 전사자 유해는 아직 편히 쉬지 못한 채 그날을 기억하고 있다. 그런데 우리는 어느덧 끝나지도 않은 전쟁을 망각해 가고 있는 것은 아닐까.

뇌과학자들에 따르면, 기억은 시냅스 구조를 통해 유지되는데 자주 불러오지 않는 시냅스는 마이크로글리아 면역세포가 청소하여 제거하므로 망각이 이루어진다고 한다. 그래서일까. 유대인들은 지금도 해마다 무교절에 7일 동안 무교병과 쓴 나물을 먹으며 출애굽의 고난을 기념한다. 해방의 기쁨과 함께 예속의 고난을 기억하지 않는 민족에게는 미래가 없기 때문일 것이다.

이 시는 "할머니 꽃씨를 받으신다"는 구절의 반복을 통해 절망적 상황에 대한 극복 의지를 강조하고 있다. 평안남도가 고향인 시인이 월남한 뒤 6·25 직후 발표한 이 시는, 아마도 전쟁 중에 써진 작품일 것이다. 시인으로서 이러한 시를 쓴다는 것은, 할머니가 꽃씨를 받는 것과 같은 행위가 아니었을까. 아무런 힘이 없는 존재의 무익해 보이는 행동일지라도, 그것은 평화로운 나라를 위한 한 알의 씨앗이 될 수 있다. 할머니와 시인이 받아 놓은 채송화 꽃씨가, 남과 북, 온 나라를 꽃으로 덮는 날이 오기를——꽃씨를 받는 마음으로 기원해 본다.

박남수(朴南秀)는 1918년 평안남도 평양에서 태어나 1994년 영면했다. 평양 숭실상업학교와 일본 주오대학교 법학부를 졸업했으며, 1939년 《문장》 지에 「심야」·「마을」 등을 발표하며 등단했다. 한국전쟁 발발 직후 1·4후퇴 시기에 월남했고, 1975년 미국으로 이주하여 생을 마쳤다. 해방 후에는 『적치 6년의 북한 문단』을 간행했으며, 《문학예술》을 주재했고, 유치환, 조지훈, 박목월 등과 함께 '한국시인협회'를 창립하였다. 조선식산은행 평양지점장을 지냈고, 한양대학교 국문과 강사로 재직했으며, 미국에서는 과일 장수로 생계를 이어가기도 했다. 아시아자유문학상, 공초문학상을 수상했으며, **시집**으로는 『초롱불』, 『갈매기 소묘(素描)』, 『신(神)의 쓰레기』, 『새의 암장(暗葬)』, 『사슴의 관(冠)』, 『서쪽, 그 실은 동쪽』, 『그리고 그 이후』, 『소로(小路)』가 있다.

아직 촛불을 켤 때가 아닙니다 신석정

저 재를 넘어가는 저녁해의 엷은 광선들이 섭섭해합니다

어머니 아직 촛불을 켜지 말으서요

그리고 나의 작은 명상의 새새끼들이

지금도 저 푸른 하늘에서 날고 있지 않습니까?

이윽고 하늘이 능금처럼 붉어질 때

그 새새끼들은 어둠과 함께 돌아온다 합니다

언덕에서는 우리의 어린 양들이 낡은 녹색침대에 누워서

남은 햇볕을 즐기느라고 돌아오지 않고

조용한 호수 우에는 인제야 저녁안개가 자욱히 나려오기 시작
하였습니다

그러나 어머니 아직 촛불을 켤 때가 아닙니다

늙은 산의 고요히 명상하는 얼굴이 멀어가지 않고

머언 숲에서는 밤이 끌고 오는 그 검은 치맛자락이

발길에 스치는 발자욱소리도 들려오지 않습니다

멀리 있는 기인 뚝을 거쳐서 들려오던 물결소리도 차츰차츰 멀
어갑니다

그것은 늦은 가을부터 우리 田園을 방문하는 가마귀들이

바람을 데리고 멀리 가버린 까닭이겠습니다

시방 어머니의 등에서는 어머니의 콧노래 섞인

자장가를 듣고 싶어하는 애기의 잠덧이 있습니다

어머니 아직 촛불을 켜지 말으셔요

인제야 저 숲 너머 하늘에 작은 별이 하나 나오지 않았습니까?

■출처 : 시집 『아직은 촛불을 켤 때가 아닙니다』, 미래사(1991).

저녁해와 촛불 사이에서

프랑스의 사상가 가스통 바슐라르는 "불꽃의 몽상가는 모두 잠재적인 시인이다"라고 말하며, 궁극적으로 초의 "불꽃에 대한 명상은 삶을 높이며, 일상적인 질료의 모든 쇠퇴에도 불구하고 삶을 넘어 삶을 더욱 연장시키는 일종의 초(超)생명적인 비약을 발견한다"고 했다(『촛불의 미학』에서).

그러나 이 시에서 시인은 그런 촛불을 켜지 말라고 단호히 말한다. 왜일까. 우리는 시의 첫 구절인 "저 재를 넘어가는 저녁해의 엷은 광선들이 섭섭해합니다"에 주목할 필요가 있다. '저녁해'로 대표되는 자연의 빛과 '촛불'로 상징되는 인공의 빛 사이에서, 시인은 '아직' 남아 있는 자연의 빛에 우리의 시선을 머물게 한다. 그것은 어쩌면 이 시가 써진 1933년, 조국의 영토에 아직 밤이 완전히 드리우지 않았고, 그 운명에도 여전히 희망이 남아 있다고 말하는 듯하다.

시인은 이어서 "작은 명상의 새새끼들"과 "어린 양들", 그리고 "어머니의 자장가를 듣고 싶어하는 애기"를 등장시켜 그 희망을 내세워 '어머니'를 설득하려 한다. 여기서 '어머니'는 모국이며, '저녁해'와 '늙은 산', '새새끼들'과 '어린 양들', '애기'는 모국의 미래요 희망이다. 그러므로 이 시는 단순한 전원시를 넘어, '어머니'로 상징되는 모국에 전하는 조용한 예언이자 간절한 당부의 시로 읽을 수 있다.

온갖 빛 공해에 시달리는 오늘, 우리는 오히려 바슐라르가 말한 촛불의 명상을 되새겨야 하지 않을까. 잠시라도 전기의 소등 속에서, 촛불 앞에 마주 앉아 신석정의 전원을 되찾는 마음을 가질 수 있다면—"저 숲 너머 하늘에 작은 별이 하나" 우리 안에 다시 떠오를 수도 있지 않을까.

신석정(辛夕汀, 본명: 석정(錫正))은 1907년 전라북도 부안에서 태어나 1974년 영면했다. 부안공립보통학교를 졸업하고 향리에서 한학을 수학한 뒤, 중앙불교전문강원에서 불전을 연구했다. 1931년 《시문학》 지에 「선물」을 발표하며 등단했고, 이후 《시문학》 동인으로도 참여했다. 1945년 해방 직후 '조선문화건설중앙협의회' 결성에 참여했으며, 부안중학교에서 교사로 재직했다. 1965년 전주시 문화장을 받은 것을 시작으로, 한국문학상, 문화포상, 한국예술문학상을 수상했다. 전통적인 서정성과 목가적 정서를 바탕으로 자연과 인간의 내면을 깊이 있게 조명한 시 세계를 펼쳤으며, **시집**으로는 『촛불』, 『슬픈 목가(牧歌)』, 『빙하(氷河)』, 『산(山)의 서곡(序曲)』, 『대바람 소리』가 있다.

까치밥 ^{황송문}

우리 죽어 살아요
떨어지진 말고 죽은 듯이 살아요
꽃샘바람에도 떨어지지 않는 꽃잎처럼
어지러운 세상에서 떨어지지 말아요.

우리 곱게 곱게 익기로 해요
여름날의 모진 비바람을 견디어내고
금싸라기 가을볕에 단맛이 스미는
그런 성숙의 연륜대로 익기로 해요.

우리 죽은 듯이 죽어 살아요
메주가 썩어서 장맛이 들고
떫은 감도 서리 맞은 뒤에 맛들듯이
우리 고난받은 뒤에 단맛을 익혀요
정겹고 꽃답게 인생을 익혀요.

〉

목이 시린 하늘 드높이

홍시로 익어 지내다가

새 소식 가지고 오시는 까치에게

쭈구렁 바가지로 쪼아 먹히고

이듬해 새 봄에 속잎이 필 때

흙 속에 묻혔다가 싹이 나는 섭리

그렇게 물 흐르듯 순애(殉愛)하며 살아요.

■출처 :『황송문 시 전집』, 자유문고(2007).

죽어 사는 까치밥의 신비

올해도 어느새 상강(霜降)이 지나고 입동(立冬)이 다가오며, 한 해의 마지막을 향해 달려가고 있다. 계절이 변화하듯, 우리네 인생도 크고 작은 변화를 겪으며 어딘가를 향해 나아가고 있다. 우리는 지금 어디로 가고 있는 것일까.

이럴 때 문득 떠오르는 것이 '까치밥'이다. 세월의 혹독한 시련을 이겨낸 늙은 감나무의 앙상한 가지 끝에 붉은 홍시 몇 알이 푸른 하늘을 배경 삼아 매달려 있다. 그것은 봄부터 가을까지 '꽃샘바람'과 '비바람'을 견디고, '가을볕'과 '서리'를 맞으며 '단맛'을 익혀온 결과다. 그리고 이제, 그는 기꺼이 "새 소식 가지고 오시는 까치에게/쭈구렁 바가지로 쪼아 먹히"는 것을 마다하지 않는다. 그로 인해 삶은 다음 세대로 이어지고, 섭리의 역사는 계속된다. 그렇게 이 시의 첫머리에 던져진 "죽어 살아요"라는 삶과 죽음의 역설이 비로소 성립한다.

이 시는 향토적인 소재를 통해 인류의 보편적인 주제를 형상화하고 있다는 점에서 깊은 의미를 지닌다. 고난을 통한 인격의 성숙과, 순애를 통한 영원에의 합일은 아무리 세월이 흐르고 장소가 바뀌어도 변치 않는 진리이기 때문이다.

"그러므로 우리는 낙심하지 않습니다. 우리의 외적 인간은 쇠퇴해 가더라도 우리의 내적 인간은 나날이 새로워집니다. 우리가 지금 겪는 일시적이고 가벼운 환난이 그지없이 크고 영원한 영광을 우리에게 마련해 줍니다. 보이는 것이 아니라 보이지 않는 것을 우리가 바라보기 때문입니다. 보이는 것은 잠시뿐이지만 보이지 않는 것은 영원합니다."

— 고린도후서 4:16-18

황송문(黃松文, 아호: 한송(寒松))은 1941년 전라북도 임실군 오수에서 태어났다. 영생대학 국문학과를 졸업하고, 홍익대학교 대학원에서 국문학 석사 학위를, 전주대학교 대학원에서 문학박사 학위를 받았다. 1971년 《문학》지에 「피뢰침(避雷針)」을 발표하며 등단했다. 선문대학교 인문대학장, 전주대학교, 숙명여자대학교, 서울디지털대학교 교수로 재직했으며, 한국문인협회, 국제P.E.N.한국본부 이사, 한국현대시인협회 부이사장을 역임했다. 현재 계간 종합문예지 《문학사계》 편집인 겸 주간으로 활동 중이다. 한국현대시인상, 홍익문학상, 제1회 전주문학상 등을 수상했으며, **시집**으로는 『조선소』, 『목화의 계절』, 『내 가슴속에는』, 『메시아의 손』, 『그리움이 살아서』, 『노을같이 바람같이』, 『꽃잎』, 『능선』, 『씨나락 까먹는 소리』, 『연변 백양나무』, 『조선소의 바다』, 『하지감자 날선 빛깔』, 『원추리 바람』, 『거미의 집짓기』, 『황송문 시전집』이 있다.

석류 _{류수안}

먼 산 가까운 산

울리던 우레 소리 멎어

문 열어보니

빈 뜰

저만큼

함께 선정에 들었던 승은 어디로 가고

붉은 촛불 빛만 외로이 남아

선방 벽 뚫고 나가려 찬 벽에 온통

실금을 내가고 있었네.

■출처 : 시집 『새벽 종소리가 나를 찾아와서』, 문학아카데미(2003).

석류의 무정설법

무정설법(無情說法)이랄까. '석류'를 '촛불 빛' 켜진 '선방'에 빗대어 오도(悟道)의 경지로 끌어올리는 시적 직관이 단연 눈에 띈다. 무정설법은 유정설법과 대비되는 개념으로, 감정이 없는 산천 초목이나 돌·바위·흙덩이 같은 것들도 불법의 진리를 설한다는 뜻이다. 제법실상(諸法實相), 곧 존재하는 모든 것에 불성이 깃들어 있다는 불교 사상에 기반한다. 그러나 이보다 더 중요한 것은 그러한 존재의 진실을 알아듣는 마음의 귀, 꿰뚫어 보는 눈일 것이다.

이 개념을 처음 제기한 당나라 혜충(慧忠) 국사는 "무엇이 부처의 마음입니까?"라는 물음에 "담벼락과 기와 부스러기"라고 답했다. 그 맥을 이은 송나라의 시인 소동파는 "시냇물소리가 바로 부처님의 설법"이라 노래했다.

그러한 흐름 속에서, 류 시인은 '석류'를 통해 외로이 정진하는 "붉은 촛불 빛"을 보고, 그 불빛을 따라 "선방 벽 뚫고 나가려 찬 벽에 온통//실금을 내가고 있"는 부처의 형상을 발견한다. 하나의 무정물에서 다른 무정물을 불러내고, 그 속에 깃든 진상을 꿰뚫는 시인의 눈길이 놀랍다. 응축과 형상화의 힘이 빛나는 이 시 앞에서, 감탄과 함께 경건함마저 일게 된다.

류수안(柳守安, 구명: 류숙(柳淑))은 경기 안성에서 태어났다. 1992년 《세계의 문학》을 통해 등단했으며, 시 전문 동인 《시의 나라》에서 활동하고 있다. **시집**으로는 『붉은 수수』, 『금성을 그리다』, 『희망아 조용해라』, 『누군가의 연보』, 『새벽 종소리가 나를 찾아와서』가 있다.

안성시첩 송영희

사람이 그립고 사람이 지겨운 날엔
보리수열매 아름다운 그 집으로 간다
맨손 맨발로 간다
판교를 지나 오산을 건너 안성 보개골
바람이랑 햇살이랑 또랑물이 먼저 가고
사이사이 하늘 구름도 뒤따라 이사를 한다
토담집 그 집엔 자귀나무 여로 패랭이꽃들
무성히 피어 있고
그런 날 선생님은 보이질 않는다

대청마루 위엔 그릇들만 그득하다
흙사발도 있고 자배기도 있고
고만고만한 찻잔들도 수줍게 숨어 있다
그 집엔 종일
사람들은 보이지 않고 그릇들 속에
꽃들이 새들이 산 속처럼 모여와서 논다

한기 들며 으스스 추운 날에도
장작불 그리워 그 집으로 간다

용인 지나 양지 저수지 근처

동평리 마을

그 집엔 가끔 눈물 주시는 하나님도

왔다 가신다

■출처 : 시집 『불꽃 속의 바늘』, 새미(1999).

마음을 담아주는 집과 사람

'사람'이란 무엇일까. 의학개론에서는 인간을 정밀한 기계와 같은 생물체로 설명하지만, 합목적성과 개성, 그리고 반성과 자각이 가능한 '마음'을 지녔다는 점에서 기계나 동물과는 구별된다고 한다. 시인이 "사람이 그립고 사람이 지겨운" 까닭은, 아마도 사람만이 지닌 그 복잡한 마음 때문일 것이다.

시의 화자는 그런 마음을 품은 채 "보리수열매 아름다운 그 집으로 간다". "맨손 맨발"이라는 표현은 도구화된 현대 문명에 대한 저항의 몸짓처럼 읽힌다. 그래서일까. 그 집으로 가는 길은 '사람'이 아닌 '바람' '햇살' '또랑물' '하늘 구름' 같은 자연물들이 앞서거니 뒤서거니 함께하는 길이 된다.

"그런 날 선생님은 보이질 않"고, 선생님의 집으로 짐작되는 "그 집엔" 자연과 가장 닮은 존재들, 이를테면 '흙사발', '자배기', '찻잔' 같은 그릇들이 그득하다. 그 안에는 '꽃들'과 '새들' 같은 생명체들이 "모여와서 논다". "사람들은 보이지 않"지만, 오히려 그 부재가 만들어내는 조용한 화음이 더 깊은 위안을 전한다.

사람이 사람다움을 잃어가는 시대, '한기'에 떨던 화자에게도 여전히 찾아갈 '집'이 있다는 것은 얼마나 큰 축복인가. '눈물'로 우리를 위로하시는 "하나님도 왔다 가시"는 "그 집으로" 나 또한 가고 싶다. "산 속"처럼 고요한 그 집에는, 서로의 마음을 진정으로

담아주는 '그릇' 같은 '사람들', 말없이 마음을 건네는 손들이 가득
하길 바라게 된다.

송영희(宋英姬)는 서울에서 태어났다. 1968년 《여원》 신인문학상에 「두 사람」
이 당선되며 등단했고, 이후 《시문학》 신인우수작품상에 「지붕」이 선정되며 재등
단하였다. 《시문학》·《여원》·《여성문예》 등에서 활동했으며, 여성적 감수성과 현
실 인식이 교차하는 시 세계를 펼쳐왔다. **시집**으로는 『그대 요나에게』, 『불꽃 속
의 바늘』, 『나무들의 방언』, 『마당에서 울다』가 있다.

한 행성 안의 두 별 최영숙

손수 된장찌개 생선구이로 식단을 마련하고
촛불을 켜놓고 기다리는 사람이 있다면
나는 그이와 함께
신이 사는 마을로 떠나고 싶다

신을 주례로 세우고
199그루 아름드리 해송이 서 있는 호숫가에서
브론즈색 노을을 조명등 삼아
예식을 올리고 싶다

풀냄새 묻어나는 너털웃음에
시적 이미지를 주렁주렁 매달고
성실하게 살아온 사람만의 선과 곡선이
주름마다 아름다운 사람

지난 사랑의 아픈 토막을 지우려고 나를 선택한다 해도
바다가 밤마다 제 몸을 열어 하늘을 받아들이듯이
남은 삶을 몽땅 그의 품에 안겨주고
한 사람만을 위한 아침을 짓고 싶다

〉
그이와 나는

한 행성 안의 두 별이니

구릉으로 둘러싸인 사랑의 계곡에서

어느 계절이나 찬란히 빛나고 싶다

■출처 : 앤솔로지 『'99선택된 시』, 시문학사(1999).

브론즈색 사랑의 소망

조건에서 시작하지만 무조건의 헌신으로 이어지기를 바라는 사랑의 소망이 찬란하다. 남녀 간의 사랑은 이성적 매력이라는 조건을 완전히 배제하고 시작하기 어렵다. 특히 결혼을 전제로 한 만남에서는 다양한 조건들이 당연히 고려된다. 이 시는 그런 조건이 더욱 복잡해지는 중년의 사랑을 노래하고 있다. "지난 사랑의 아픈 토막을 지우려고 나를 선택한다 해도"라는 구절로 미루어보건대 그렇다.

이 시에서 화자가 바라는 사랑과 결혼의 조건은 "손수 된장찌개 생선구이로 식단을 마련하고/촛불을 켜놓고 기다리는 사람이 있다면"이라는 구절에 잘 드러난다. 소박하면서도 진정성 있는 바람은 3연에서도 이어진다. "풀냄새 묻어나는 너털웃음에/시적 이미지를 주렁주렁 매달고/…/주름마다 아름다운 사람." 그녀는 이러한 조건에 합치하는 이가 있다면 "함께/신이 사는 마을로 떠나고 싶다"고 말한다.

"신을 주례로 세우고"로 시작하는 2연의 장면은 시 전체에서 가장 상징적이고 찬란한 순간이다. "199그루 아름드리 해송"과 "브론즈색 노을"은 고난과 시련을 통과해 얻은 성숙한 사랑의 빛깔을 상징한다. 이러한 주례와 배경을 둔 '예식'은 단순한 결합이 아니라, 참된 사랑을 통한 혼인의 완성과 성숙을 상징하는 의례이다.

그러므로 신성한 서약으로 맺어진 결혼은, "~한다 해도"라는 단서 뒤에 이어지는 "남은 삶을 몽땅 그의 품에 안겨주"는 온전한 헌신을 전제로 한다. 이때 부부는 "한 행성 안의 두 별"로서, 춥고 더운 "어느 계절이나 찬란히 빛나"는 사랑의 반사체가 된다. 조건과 무조건이 절묘하게 어우러진 이 시의 사랑은, 언젠가 잃어버렸을지도 모를 우리의 벅찬 꿈을 다시 떠올리게 한다.

최영숙(崔英淑)은 전라남도 나주에서 태어났다. 1994년 《조선문학》 신인상에 「들풀」·「물빛」·「그 여자네 집」이 박재삼 시인의 추천으로 당선되며 등단했다. 이후 《문학과 현실사》 편집실장으로 활동하며, 한국현대시인협회·한국문인협회·가톨릭문인협회 회원으로 문단 활동을 이어오고 있다. 시적 사유의 맑고 섬세한 결을 간결한 언어로 담아내며, 자연과 내면의 교감이 깃든 서정시를 써오고 있다. **시집**으로는 『호수가 있는 섬』이 있다.

담쟁이의 내력 유은희

돌담도 늙는지
점점 낮아지고 있다

빈 젖 물고 크는 것들처럼
담쟁이만 무성하다

넝쿨의 내력을 따라가 보면
먼 길 내달리려던 발자국 하나 있다

담장 위에서 번번이 덜미 잡힌 목덜미가 있다

한 발짝만 헛디뎌도 줄줄이 딸려 넘어지는 것들을
끌고 가는 등이 있다

파도치는 담장 기슭으로
아득하게 뻗어 내린 푸른 맨발들

후드득후드득 빗소리로
발 동동 굴러 우는 입들

줄줄이 매어 달고
길 없는 길을 내어 가는 걸음이 있다
구름 길 멀리 내빼지 못한

내 아버지가 있다

■출처 : 시집 『떠난 것들의 등에서 저녁은 온다』, 천년의시작(2019).

낮아진 내 아버지의 담장

세상을 바라보는 따뜻한 시선이 마음을 끈다. '돌담'과 '담쟁이'를 보고 어떻게 '아버지'를 떠올리고, 그 삶의 아픔까지 헤아릴 수 있었을까. 이는 시인의 탁월한 유추 능력과 공감 능력이 만들어낸 정서적 직관의 결과다. 연관성 없어 보이는 사물들 사이에서 공통의 상을 발견하고, 타인의 자리에서 그 삶을 이해하고자 하는 시인의 마음눈은 깊은 울림을 전한다. 사람과 사물의 감추어진 내력을 읽어내는 이 감각이야말로 성숙한 시인의 징표다.

특히, 한때는 없어서는 안 될 만큼 긴요했으나 세월의 흐름 속에서 퇴락해 가는 존재들에 대한 시인의 측은지심은 더욱 특별하다. 그것은 "늙는지/점점 낮아지고 있"는 '돌담'과 이제는 "빈 젖"이 되어버린 '아버지'에 대한 연민으로 드러난다. 시인은 "낡(늙)은 돌담"과 "빈 젖"이라는 이미지를 '아버지'라는 이마고(imago, 원형 심상)와 포개며, 전통적 아버지상에 새로운 해석을 부여하고 긍정의 시선으로 확장해 나간다.

시적 화자가 이해한 '아버지'는 "무성한 담쟁이"의 기원으로서 "먼 길 내달리려던 발자국 하나"이며, "담장 위에서 번번이 덜미 잡힌 목덜미", "한 발짝만 헛디뎌도 줄줄이 딸려 넘어지는 것들을/끌고 가는 등"이다. 그것은 아슬아슬하고 험난한 세상으로부터 "푸른 맨발들", "발 동동 굴러 우는 입들"인 자식들을 보호하기 위해 "줄줄이 매어 달고/길 없는 길을 내어 가는 걸음"이었다. 그런 아버지에게도 분명 자신만의 꿈과 욕망이 있었을 것이다. 하지만 가족에 대한 사랑과 책임감 때문에 끝내 "구름 길 멀리 내빼지 못한" 분, 그분이 바로 우리들의 '아버지'였다.

　한 세대가 저물어가고 있다. 저무는 세대의 낮아진 담장 위엔 담쟁이만 무성하다. 집단으로 밀려드는 이 담쟁이넝쿨은 과연 자신의 기원과 내력을 알고 있을까. 사물이든 사람이든, 모든 피조물은 영고성쇠의 자연법칙을 피할 수 없다. 그러나 후대의 누군가가 그 근원을 잊지 않고, 보람찼던 만큼 아름찼던 그 역사를 기억하고 공감해 준다면, 그것만으로도 충분하다. 모두가 어려운 이 시기에 다시금 떠올려본다. 위로와 격려는 결국 따뜻한 공감과 이해에서 비롯된다는 사실을.

유은희(劉銀姬)는 1964년 전라남도 완도 청산도에서 태어났다. 원광대학교 문예창작과 및 동 대학원을 졸업했으며, 1994년 《문예사조》로 등단했다. 2010년 국제해운문학상 대상 수상 이후 본격적인 작품 활동을 시작했고, 현재 인문라이브러리와 독서·글쓰기 강사로도 활동 중이다. **시집**으로는 『도시는 지금 세일중』, 『떠난 것들의 등에서 저녁은 온다』, 『사랑이라는 섬』(전자 시집), 『수신되지 않은 말이 있네』(디카 시집)가 있다.

물 끓는 소리 신동춘

주전자의 물이 끓는다.

싸늘하게 식어가는 하루의 체온을 데우는 소리

빈 들에서 이삭을 줍다가

미궁(迷宮)에서 너를 찾아 헤매다가

문득 뒤돌아보고 싶어질 때 되살아오는 소리

에밀리 디킨슨의 잠을 깨우는 소리

자정(子正)이 넘은 교수실에서 물을 끓이면

에밀리 디킨슨이 책갈피를 떠나온다.

황제(皇帝)에게도 무릎을 꿇지 말자더니

기둥 뒤에 숨어서 시(詩)만 쓰더니

그녀가 이 밤

활짝 갠 웃음을 웃으며 내게로 온다.

한 모금의 훈기를 위해

단 한 번의 우연을 기다리며 물을 끓일 때

우리는 홀로 있어도 혼자가 아니다.

■출처 : 『신동춘 시 전집』, eBook, 한국문학도서관(2007).

우리는 홀로 있어도 혼자가 아니다

가을은 외로움이 깊어지는 계절이다. 날씨가 싸늘해질수록 우리는 무언가를 찾게 되고, 그만큼 외로움을 느끼게 된다. 신동춘 시인은 수필집의 서문에서 "우리 모두가 무언가를 찾는 마음을 갖는 한 고독하며, 고독을 앓고 있는 한 우리의 영혼은 결코 썩지 않는다"(『고독을 꿈꾸는 들꽃을 위하여』)고 말하며, 고독한 존재로서의 인간을 따뜻하게 위로한다.

무언가를 찾으며 치열하게 살아왔지만, 황혼 무렵 인생의 허허로운 들판을 마주할 때 우리의 마음은 허무감에 젖어 "싸늘히 식어간다." 시인은 그럴 때 "주전자의 물이 끓는" 소리를 들으며 상상의 연소 작용을 시작한다. 그러자 그 속에서, 오래 흠모했지만 '책갈피'에서 잠만 자고 있던 '에밀리 디킨슨'이 깨어나오는 것이다. 시적 이상(理想)과의 조우다.

현재를 살아가는 시인이, 읽고 있던 "책갈피를 떠나온" 옛 시인을 만나는 장면이다. "황제에게도 무릎을 꿇지 말자던" 그녀, "기둥 뒤에 숨어서 詩만 쓰던" 그녀가 "이 밤/활짝 갠 웃음을 웃으며 내게로 온다." 시인과 시인의 만남, 그것은 분명 창조적 영감의 순간이다.

그 "한 모금의 훈기", "단 한 번의 우연"이 있기에, "자정이 넘은 교수실에서" 외로이 밤을 지새우는 시인의 정신과 영혼은 외

  시는 그렇게 말을 건다

롭지 않다. 지금 싸늘한 방 안에서 담요를 뒤집어쓴 채 책을 읽고 있는 그대, 혹은 주전자의 물 끓는 소리를 들으며 글을 쓰고 있는 그대여—"우리는 홀로 있어도 혼자가 아니다."

신동춘(申東春)은 1931년 평안북도 신의주에서 태어나 2014년 영면했다. 1947년 월남했으며, 이화여자대학교 영문학과를 졸업하고, 서울대학교 대학원에서 영문학 석사 학위를 받았으며, 동국대학교 대학원에서 박사 과정을 수료했다. 1966년 《현대문학》 지에 「사랑의 이야기」·「해후(邂逅)」·「용이와 연필」이 추천 완료되어 등단했다. 한양대학교 영문학과 교수로 재직했으며, 국제펜클럽 한국본부, 한국현대시인협회 이사를 역임했다. 《여류시(女流詩)》 동인으로 활동했으며, 시문학상, 이화문학상을 수상했다. **시집**으로는 『어느 날』, 『집념 이후』, 『거리에서 가설까지』, 『꽃비 내리는 하늘』, 『속벽암록』, 『신동춘 시 전집』이 있다.

4부 겨울

아버지가 따 오신
붉은 산수유 열매

성탄제 (聖誕祭) 김종길

어두운 방 안엔
빠알간 숯불이 피고,

외로이 늙으신 할머니가
애처로이 잦아드는 어린 목숨을 지키고 계시었다.

이윽고 눈 속을
아버지가 약(藥)을 가지고 돌아오시었다.

아 아버지가 눈을 헤치고 따 오신
그 붉은 산수유(山茱萸) 열매……

나는 한 마리 어린 짐생,
젊은 아버지의 서느런 옷자락에
열로 상기한 볼을 말없이 부비는 것이었다.

이따금 뒷문을 눈이 치고 있었다.
그날 밤이 어쩌면 성탄제의 밤이었을지도 모른다.

〉

어느새 나도
그때의 아버지만큼 나이를 먹었다.

옛것이라곤 찾아볼 길 없는
성탄제 가까운 도시에는
이제 반가운 그 옛날의 것이 내리는데,

서러운 서른 살 나의 이마에
불현듯 아버지의 서느런 옷자락을 느끼는 것은,

눈 속에 따오신 산수유 붉은 알알이
아직도 내 혈액 속에 녹아 흐르는 까닭일까.

■출처 : 시집 『솔개』, 시인생각(2013).

진실한 사랑이 있는 시간은 언제나 성탄제

"말씀이 사람이 되시어 우리 가운데 사셨다"(요한복음 1:14).

'강생(降生)' 또는 '육화(肉化, incarnation)'는 성탄의 신비를 표현하는 대표적인 말이다. 전 세계의 그리스도인들은 '말씀'이라는 추상적 개념이 '예수'라는 구체적 존재로 육화되었음을 믿으며, 그분의 탄생일을 성탄절로 기념한다. 가톨릭교회에서는 주님 성탄 대축일 전야인 12월 24일부터 주님 세례 축일까지의 2~3주를 '성탄 시기'로 지내는데, 이 시에서 말하는 '성탄제'는 그 시기의 어느 날을 가리키는 듯하다.

육화는 어쩌면 시작(詩作)에서의 형상화처럼, 추상을 구체로 건네는 시적 기적과도 닮았다. 이 시에서 시인은 '부성애(父性愛)'라는 추상적 개념을 구체화하여, 독자가 그것을 생생히 체감할 수 있도록 한다. 특히 이 시에 등장하는 아버지의 모습은 엄격하고 권위적인 전형을 넘어서, 자상하고 헌신적이며 친근한 이미지로 그려진다. 이는 성탄의 주인공인 예수 그리스도의 모습과도 닮아 있다. 바로 그 지점에서 이 시의 형상화는 특별한 빛을 발한다.

시 곳곳에는 예수와 아버지의 상사성(相似性)이 절묘하게 배치되어 성탄제의 의미를 더욱 구체화한다. "붉은 산수유 열매", '눈', '서른 살' 등의 이미지가 그러하다. 눈처럼 "서러운 서른 살"의 예수가 인류 구원의 길에 나서 피 흘리며 사랑을 실천했듯, 아버지 또한 병든 자식을 살리기 위해 눈길을 헤치고 산수유 열매를 따 온다. 그리고 "그때의 아버지만큼 나이를 먹은" 화자는 이제 그것들이 "내 혈액 속에 녹아 흐르는 까닭"을 어렴풋이 감지한다.

서른 살의 예수, 아버지, 그리고 나. 우리 삶 속에서 하느님의 사랑이 체현되고 실천될 때, 그것은 곧 "말씀이 사람이 되어 우리 가운데 사시는 일"이 된다. 그 순간이 바로 성탄의 시간이며, 하루하루가 성탄제와 다름없어진다. 시인은 기억은 희미하지만 온몸으로 사랑을 느꼈던 "그날 밤이 어쩌면 성탄제의 밤이었을지도 모른다"고 회상하며, 그 체험이 시로 육화된다.

우리의 몸과 마음에 "눈 속에 따 오신 산수유 붉은 알알이" 같은 사랑이 깃들 때, 그날이 곧 성탄제다. 꼭 눈 내리는 12월이 아니어도 괜찮다. 진실한 사랑이 있는 시간은 언제나 성탄제일 테니까. 우리가 『8월의 크리스마스』라는 영화를 보며, 아무런 위화감 없이 "그 8월이 어쩌면 크리스마스였을지도 모른다"고 느끼는 것도, 그런 사랑이 이미 "혈액 속에 녹아 흐르는 까닭"이리라.

"내 기억 속의 무수한 사진들처럼 사랑도 언젠가 추억으로 그친다는 것을 난 알고 있었습니다. 하지만 당신만은 추억이 되질 않았

습니다. 사랑을 간직한 채 떠날 수 있게 해 준 당신께 고맙다는 말
을 남깁니다.”

— 영화 『8월의 크리스마스』 중, 정원의 독백

김종길(金宗吉)은 1926년 경상북도 안동에서 태어나 2017년 영면했다. 고려대
학교 영어영문학과와 동 대학원을 졸업했다. 1947년 《경향신문》 신춘문예에 시
「문(門)」이 입선되며 등단했으며, 《은하대》·《은화식물》 동인으로 활동했다. 고려
대학교 영어영문학과 교수 및 문과대학장을 지냈고, 한국시인협회·육사기념사업
회 회장, 대한민국예술원 부회장을 역임했다. 인촌상, 대한민국예술원상, 고산문
학대상, 만해대상, 제1회 이설주문학상, 은관문화훈장을 수상했다. **시집**으로는
『성탄제(聖誕祭)』, 『황사현상』, 『천지현황(天地玄黃)』, 『달맞이꽃』, 『해가 많이
짧아졌다』, 『해거름 이삭줍기』, 『그것들』, 『거짓말 구멍』이 있다.

동천(冬天) 서정주

내 마음속 우리 님의 고은 눈썹을

즈문 밤의 꿈으로 맑게 씻어서

하늘에다 옮기어 심어 놨더니

동지섣달 날으는 매서운 새가

그걸 알고 시늉하며 비끼어 가네

■출처 : 『미당시전집 1』, 민음사(1994).

지극한 사랑의 시학

우리나라의 시 가운데 지극한 사랑을 다룬 대표작 세 편을 꼽자면, 나는 주저 없이 소월의 「진달래꽃」, 명월의 「동짓달 기나긴 밤을」, 그리고 미당의 「동천」을 들겠다. 「진달래꽃」은 자신을 싫어하며 떠나는 님을 고이 보내고, 그 앞길에 꽃까지 뿌려드리겠다는 헌신적인 사랑의 마음씨가 인상적이다. 「동짓달」은 님이 부재한 탓에 더욱 길게 느껴지는 시간을 고이 간직하여, 훗날 절대적 시간으로 누리겠다는 사랑의 소망이 돋보인다. 그리고 「동천」은 연모하는 님을 위해 드리는 치성이 하늘도 감동케 한다는 점에서 사랑의 정성이 돋보이는 시라고 할 수 있다.

예로부터 눈썹은 미의 상징으로 여겨졌고, 시인들은 미인의 눈썹을 '아미(蛾眉)'라고 표현하며 그 아름다움을 노래하곤 했다. 누에나방의 부드러운 더듬이처럼 휘어진 눈썹의 형태는 초승달을 연상시키며, 이는 달 속에 산다는 전설 속 선녀 항아(姮娥)의 이미지를 떠올리게도 한다. 이 시에서 '눈썹'은 '님'의 제유적 표현으로, 시인이 감히 다가설 수 없는 아름답고 소중한 존재임을 암시한다.

님을 향한 연모가 얼마나 지극했기에 천일 밤 동안이나 현실이 아닌 "꿈으로/맑게 씻어서", 지상이 아닌 "하늘에다 옮기어 심어" 놓았을까. '지성이면 감천'이라 했던가. 차디찬 동지섣달 하늘을 가로지르는 "매서운 새"조차 '그걸', 즉 시인의 정성을 "알고 시늉하며 비끼어 가네"라고 한 구절이 절묘하다. 겨울밤 초승달과 때마침 그것을 스쳐 지나가는 새의 풍경을 포착하여, 범접할 수 없는 존재에 대한 지극한 사랑의 마음을 그 위에 겹쳐 놓은 시인의 시선은 하늘과 마음이 둘이 아님을 말해주는 듯하다.

앞서 언급한 세 편의 사랑 시에는 또 하나의 공통점이 있다. 바로 짧다는 점이다. 매년 신춘문예 시 당선작들을 찾아 읽어보는데, 해가 갈수록 길고 지리멸렬해져 마음이 어수선해진다. 의식 과잉, 의욕 과잉의 시대, 하고 싶은 말을 다 하고 쓰고 싶은 글을 마음껏 쓰는 시대다. 작가는 즐거울지 모르지만 독자는 피곤하다. 독자를 지치게 하는 시가 계속 양산되는 현실은 문학의 책임 문제와도 연결된다. 나부터 말을 줄이고, 글을 아껴 써야겠다는 생각이 든다.

서정주(徐廷柱, 아호: 미당(未堂)·궁발(窮髮))는 1915년 전라북도 고창에서 태어나 2000년 영면했다. 《동아일보》 신춘문예에 「벽」이 당선되며 등단했고, 중앙불교전문에서 수학했으며 숙명여자대학교에서 명예박사 학위를 받았다. 한국시사 명예회장과 동국대학교 종신명예교수를 역임했으며, 자유문학상, 동국문학상, 대한민국예술원상 등을 수상하고 금관문화훈장이 추서되었다. **시집**으로는 『화사집(花蛇集)』, 『귀촉도(歸蜀途)』, 『신라초(新羅抄)』, 『늙은 떠돌이의 시』 외 다수가 있다.

동짓달 기나긴 밤을 황진이

동짓달 기나긴 밤을 한 허리를 버혀 내어

춘풍(春風) 니불 아래 서리 서리 너헛다가

어론님 오신 날 밤이여든 구뷔 구뷔 펴리라

■출처 : 앤솔로지 『우리의 고전시가 2』, 나무아래사람(2002).

시간을 이불처럼 접어둘 수 있다면

시간은 절대적인 것이 아니라 상대적인 것이다. "뜨거운 냄비에 손을 얹는다고 해보자. 단 몇 초만 얹고 있어도 그 시간은 너무나도 길게 느껴질 것이다. 하지만 너무도 사랑하는 아름다운 연인과 같이 있을 때에는, 몇 시간이라는 시간조차도 너무나 짧게 느껴질 것이다." 아인슈타인이 시간의 상대성을 설명하기 위해 즐겨 인용한 농담 같은 비유다. 비슷한 예로 "서울에서 부산까지 가장 빠르게 가는 방법은?" "좋아하는 사람과 함께 가는 것"이라는 재치 있는 난센스 퀴즈도 떠오른다.

굳이 과학 이론을 들먹이지 않아도 우리는 상황에 따라 시간의 길이가 다르게 느껴지는 경험을 흔히 한다. 그중에서도 가장 길게 느껴지는 시간은, 아마도 언제 올지 모르는 님을 기다리며 홀로 있는 시간일 것이다. 그 긴 시간 동안 자라나는 것은 다름 아닌 그리움이다. 그러니 일 년 중 가장 밤이 긴 동짓달이라면, 그리움은 더욱 사무치게 마련이다. 낮은 그럭저럭 보낼 수 있다지만, 밤이면 혼자라는 사실이 더욱 도드라지고 시간은 유난히 길게만 느껴질 것이다.

이럴 때 외롭고 쓸쓸한, 아무 쓸모 없이 길게만 느껴지는 시간을 잘라내어 저장할 수 있다면 얼마나 좋을까. 그리고 그 저장해둔 시간을 꼭 필요할 때 꺼내 쓸 수 있다면 얼마나 기막힐까. 시인은 이런 상상을 통해 "어론님 오신 날 밤"이라는 새로운 시공간을 창조

   시는 그렇게 말을 건다

해낸다. 이는 4차원의 시간 개념을 3차원의 공간 속에 녹여낸 시적 발상이다. 시인은 탁월한 상상력과 대담한 표현력으로 시간이라는 추상 개념을 '이불'이라는 구체적 사물로 형상화하여, 독자로 하여금 그 감각을 실감하게 만든다.

시를 읽다 보면 시간이 마치 눈앞에 형상화되는 듯하고, 차고 포근하며 보드라운 시간의 감촉이 전해지는 듯하다. 그러나 실상 그 '밤'은 시인과 독자의 상상 속 희망일 뿐, 현실의 약속은 아니다. 오지 않는 님에 대한 그리움, 현실 속 고독감이 시인을 이토록 치열한 상상으로 밀어 넣었을 것이다.

황진이가 태어난 조선 시대는 유교 이념이 지배하던 철저한 신분사회였다. 남성 중심의 양반 사회에서 유일한 예외는 천자수모법(賤者隨母法)이었는데, 이는 아버지가 양반이라도 어머니가 천민이면 자식 역시 천민이 되는 제도였다. 맹인 관기였던 어머니와 양반 진사였던 아버지 사이에서 서녀(庶女)로 태어난 황진이는, 태어날 때부터 이미 삶의 방향이 정해져 있었다. 그녀에게 주어진 삶의 길은 기생이었지만, 황진이는 타고난 미모와 갈고닦은 재능을 바탕으로 남성 중심 사회를 희롱하고, 그들의 위선을 조롱하며 주체적 삶을 살아냈다.

기생에 불과했지만 황진이는 절세가인이자 예인이었으며, 시인

으로서 누구에게도 주눅들지 않았고 무엇에도 예속되지 않는 자유
로운 영혼의 소유자였다. 그녀는 세상의 부조리에 일찍 눈을 떴고,
육신의 외피나 세속적 사랑에 안주하지 않으려 했다. 그녀의 삶은
스스로 운명을 개척하고자 했던 여성 지식인의 분투였다.

    그럼에도 그리움의 정만은 어찌할 수 없었던 것일까. 이 시가 누
구를 향한 그리움의 암유인지 확실하진 않지만, 정서 표현이 억압
되던 당대에 이처럼 세련된 방식으로 내면을 표현한 여성의 시가
존재했다는 사실만으로도 이 시는 충분히 경탄 받을 만하다.

황진이(黃眞伊, 기명: 명월(明月))는 조선 중종 연간(1506~1520년 전후)에 개
성에서 태어나 1567년 전후에 영면했다. 양반 신분의 황진사와 '진현금(陳玄
琴)'이라 불린 맹인 기녀 사이에서 서녀로 태어났으며, 스스로 기녀의 길을 택
했다. 시와 그림, 춤과 노래에 모두 능했을 뿐 아니라 성리학과 사서육경에도 밝
아 사대부 및 은일사들과 교류했다. 왕족 벽계수, 승려 지족선사, 은둔학자 서경
덕 등과 얽힌 일화가 전하며, 서경덕, 박연폭포와 함께 '송도삼절(松都三絶)'로
불렸다. **대표작**으로는 「박연폭포시(朴淵瀑布詩)」, 「영초월시(咏初月詩)」, 「소
백주시(小柏舟詩)」, 「만월대회고(滿月臺懷古)」 등 한시 8수와 「청산리 벽계수
야」, 「동짓달 기나긴 밤을」, 「내 언제 신의 없어」, 「산은 옛 산이로되」, 「어져 내
일이야」, 「청산은 내 뜻이오」 등 시조 6수가 전해진다.

유리창(琉璃廠) 1 정지용

琉璃에 차고 슬픈 것이 어린거린다.

열없이 붙어서서 입김을 흐리우니

길들은 양 언 날개를 파다거린다.

지우고 보고 지우고 보아도

새까만 밤이 밀려나가고 밀려와 부디치고,

물먹은 별이, 반짝, 寶石처럼 백힌다.

밤에 홀로 琉璃를 닦는 것은

외로운 황홀한 심사이어니,

고흔 肺血管이 찢어진 채로

아아, 늬는 山ㅅ새처럼 날러 갔구나!

■출처 : 『정지용 전집 1』, 민음사(2006).

시가 태어나는 투명한 경계

『조선지광(朝鮮之光)』 89호, 1930년 1월에 발표된 정지용의 「유리창 1」은 주지주의 모더니즘 계열의 시풍으로, 감각적인 이미지 구사를 통해 사랑하는 이를 잃은 슬픔과 간절한 그리움을 절제된 어조로 표현한 작품으로 평가된다. 1년 후인 1931년 1월 『신생(新生)』 27호에 발표된 「유리창 2」도 느낌은 조금 다르지만, 그 연장 선에 있는 작품으로 읽힌다.

이 시는 정지용 시인이 29세 되던 해, 갑작스러운 병으로 어린 아들을 잃은 뒤에 쓴 작품으로 알려져 있다. 따라서 이 시의 주제 는 애도(哀悼)와 연결되며, 제목인 '유리창'은 시의 소재이자 제재 로서 주제를 형상화하는 데 핵심적인 매개로 작용한다. 우리는 사 물로서 '유리창'의 특징을 통해 시에서의 의미를 살펴볼 필요가 있 다.

유리창은 유리를 낀 창으로, 실내와 실외 사이에 끼어 있으면서 둘을 단절하기도 하고 연결하기도 하는 매우 특별한 사물이다. 그 것은 수분과 공기는 차단하나 빛은 투과하는 유리의 성질에서 기 인한다. 이 시에서 '유리창'은 시인이 속한 이쪽 세계(실내, 삶)에 서 아들이 속하게 된 저쪽 세계(실외, 죽음, "새까만 밤")의 경계로 서 서로를 바라볼 수 있는 시선의 통로이자 직접적인 교류를 가로 막는 단절 장치로 자리한다. 곧 그것은 이쪽과 저쪽 사이의 소통과 단절을 동시에 가능하게 하는 모순적인 상징물이라 할 수 있다.

 시는 그렇게 말을 건다

또한 유리는 모래에서 뽑은 규소 성분에 나트륨과 석회석을 혼합하여 900도 이상의 고온에서 녹인 다음 급히 냉각하여 만든 물질이다. 우리는 이 특성에서 시인의 뜨거운 감정과 그것을 냉각하고 절제하는 지성의 상징으로서 '유리창'을 유추해 볼 수 있다. 그것은 전통적인 지창(紙窓)과는 다른 도회의 산물로서 모더니즘의 특징을 잘 드러내는 시의 생성으로 이어진다.

모더니즘 시의 특징 가운데 한 가지는 시각적 이미지를 중시하는 것이다. "유리창에 차고 슬픈 것이 어린거린다"는 첫 행의 서술부터 시각적이다. 시각적인 심상은 독자의 감각을 자극하여 관심을 수월하게 집중시킨다. 하여 독자의 시선은 '유리창'에 모이면서 시인의 슬픈 정조와 맞닿게 된다. 그리고 거기에 "열없이 붙어서서 입김을 흐리우"는 그의 모습을 보게 된다. 자식을 지키지 못한 아버지로서 '열없는(이)'(좀 겸연쩍고 부끄러운) 심리 상태에 있는 그가 유리창에 붙어 서서 "입김을 흐리우니/길들은 양 언 날개를 파다거리"는 장면을 마주하게 된다.

"파다거리는 언 날개"는 시인의 '입김'이 차가운 바깥 공기에 부딪혀 생긴 환영으로, 죽은 아들에 대한 시인의 그리움이 '유리창'이라는 경계에 가로막혀 "언 날개를 파다거리"는 것으로 표현되어 있다. 감정의 섬세한 묘사와 감각적 이미지가 돋보이는 대목이다. 시인은 '유리창'이라는 한계 내에서 감정을 냉각하고 절제하며 지속적으로 소통을 시도한다. 그러나 여기에서 시인의 간절한 시도는 실패하는 듯하다. "지우고 보고 지우고 보아도/새까만 밤이 밀려나가고 밀려와 부디치기"만 할 뿐, 저쪽 세계로 떠난 아들은 보이지 않기 때문이다.

이 시에서 '유리창'은 한계성의 상징이면서 동시에 유정한 시인의 내적 감정과 무정한 바깥세상의 현상을 이어주고 대변해주는 역할을 한다. 시인의 유정함은 "차고 슬픈 것", '열없이', '입김', '흐리우니', "길들은 양", "언 날개", '파다거린다'와 같은 단어들로 드러나고, 바깥세상의 무정함은 "새까만 밤"이라는 한 구절로 표현되어 있다.

따스한 '입김'을 지닌 정서적인 존재인 시인이 속한 세계와 "새까만 밤" 사이에 끼어 있는 '유리창'은 산 자(아버지)와 죽은 자(아들), 유정한 삶의 세계와 무정한 죽음의 세계, 이승과 저승의 경계이자 두 세계를 이어주는 매개체가 된다. 유리창의 이중 작용이다. 신체로는 통할 수 없지만 시선으로는 통하는 것. 그 투명한 경계는 바로 지성이다.

'유리창'은 존재의 한계를 인식하는 지성의 통로이자 창구로서 투명함으로 제 역할을 하지만, 거기에 감정("차고 슬픈 것")이 어리면 전혀 다른 것으로 변화한다. 시인의 '슬픈' 시선과 "새까만 밤"이 대치하던 곳에 '입김'과 '별'이 응집하여 새로운 이미지의 결정체를 창출한다.

이제 '유리창'은 상실의 슬픔과 "새까만 밤"에 깃든 불멸의 영혼이 만나는 지점, 감성과 지성, 유정과 무정이 만나 제3의 시성(詩性) 또는 시정(詩情)으로 변화하는 곳이 된다. 그리하여 그곳에서는 감각적 이미지로 반짝이는 순간의 형이상학이 이루어진다. 즉, 시가 탄생한다. "물먹은 별이, 반짝, 보석(寶石)처럼 백힌다".

어쩌면 시인은 그 한순간을 위해 "밤에 홀로 유리(琉璃)를 닦는 것"인지 모른다. 그리고 그것은 그리운 이가 없기에 사무치게 '외로운' 일이지만, 한편으로는 그 영혼('별')을 만날 수 있는 일이기도 하므로 "황홀한 심사"가 된다. 라캉식으로 보자면, 시인이 느끼는 이 경계의 황홀함은 '주이상스(jouissance)'에 해당한다. 상징계와 실재계의 투명한 경계에서 죽은 아들에 대한 시인의 그리움이 극한에 이르러 자칫 경계를 넘을 상태가 되는 것이다.

하여 시인은 그 황홀한 경계에서 현실 세계로 돌아오기 위해 사실을 인정하며 탄식한다. "고흔 폐혈관이 찢어진 채로/아아, 늬는 새처럼 날러 갔구나!" 이때 '유리창'은 억제된 감정을 토로할 수 있는 안전지대로 작용한다.

따라서 '유리창'은 시이면서 동시에 시가 태어나는 곳이다. 감성과 지성이 맞닿는 그 투명한 경계에서, 시인은 슬픔의 입김으로 이미지의 보석을 깎아낸다. 나아가 유리창은 억제된 감정을 표출할 수 있는 안전지대이며, 이승과 저승, 소통과 단절의 모순된 상황을 극복하고자 하는 시인의 창조적 해결 장치라고 할 수 있겠다.

정지용(鄭芝溶, 아명: 지용(池龍), 세례명: 방지거)은 1902년 충청북도 옥천군에서 태어나 1950년 한국전쟁 중 납북된 이후 생사 미상이다. 휘문고등보통학교를 거쳐 일본 동지사대학교 영문학과를 졸업했다. 1919년 잡지 《서광(曙光)》에 소설 「삼인(三人)」을 발표하며 작품 활동을 시작했고, 이후 동인지 《요람》을 간행하고 《휘문》 창간호 편집위원으로 참여했다. 정지용은 순수시 운동을 선도한 《시문학》 동인이자 모더니즘 문학의 본거지인 《구인회》의 결성 멤버였으며, 《가톨릭청년》·《경향잡지》 편집위원과 《문장》 심사위원으로도 활동했다. 휘문고등보통학교에서 교사로 재직했고, 경향신문사 주간, 이화여자대학교 교수, 서울대학교 문리과대학 강사로도 일했다. 한국 모더니즘 시의 선구자로서 뛰어난 언어 감각과 형식 실험으로 시적 영역을 확장했으며, **대표 시집**으로는 『정지용시집』과 『백록담』이 있다.

가정 ^{이 상}

문(門)을암만잡아당겨도안열리는것은안에생활(生活)이모자라는까닭이다. 밤이사나운꾸지람으로나를조른다. 나는우리집내문패(門牌)앞에서여간성가신게아니다. 나는밤속에들어서서제웅처럼자꾸만감(減)해간다. 식구(食口)야봉(封)한창호(窓戶)어데라도한구석터놓아다고내가수입(收入)되어들어가야하지않나. 지붕에서리가내리고뾰족한데는침(鍼)처럼월광(月光)이묻었다. 우리집이않나보다그러고누가힘에겨운도장을찍나보다. 수명(壽命)을헐어서전당(典當)잡히나보다. 나는그냥문(門)고리에쇠사슬늘어지듯매여달렸다. 문(門)을열려고안열리는문(門)을열려고.

■출처 : 『정본 이상 문학전집』, 소명출판(2009).

시인에게 월광은 침, 시는 약

　뛰어난 모더니스트였던 이상 시인은 미래파 운동에 영향을 받았다고 평가된다. 문학에서 미래파는 기존 전통과 가치에 대한 반동의 표현으로, 문법을 해체하고 수학적 기호나 기하학적 도형의 사용, 자유어의 창조를 장려했다. 이는 반발심과 실험정신이 충만한 식민지 건축기사 출신 시인에게 더할 나위 없이 적절한 활로요, 탈출구였으리라.

　이 시도 띄어쓰기가 무시된 채 연과 행의 구분 없이 쓰였는데, 겨울밤 잠긴 문 앞에 선 화자의 불안하고 막막한 심리 상태가 잘 나타나 있다.

　화자는 '문패'를 지닌 가장임에도 자신의 집에 들어가지 못한 채 밤 속에 내쳐져 있다. 왜일까? 직접적인 원인은 "문을 아무리 잡아당겨도 열리지 않아서"이지만, 시인은 여기에 문을 들어서지 못한 이유를 묻는다. 그리고 그건 "안에 생활이 모자라는 까닭"이라고 스스로 진단한다. 그렇다면 가정 안에 채워져 있어야 할 '생활'이란 무엇일까. 실직과 연이은 사업의 실패로 생활고를 겪었던 시인의 삶을 돌아보면, 경제적 곤궁이라는 점은 자명해 보인다.

　'감해간다', '수입', '도장', '전당'과 같은 단어들이 그것을 뒷받침한다. "우리 집 내 문패 앞에서 여간 성가신 게 아니다."라거나 "우리 집이 앓나 보다 … 수명을 헐어서 전당 잡히나 보다." 같은 구절들은 그 어려움을 짐작게 한다. 가난한 식민지 시대, 한 가정의 가장으로서 생계가 얼마나 막막했을까. 그러나 그것이 전부는 아니다. 예나 지금이나 병든 가정의 원인이 단지 생계 곤란에만 있다고 여긴다면, 그것은 너무 단순하고 안일한 해석일 수 있다.

사랑이 없는 가정은 폐쇄와 단절로 서로를 질식시킨다. "지붕에서 서리가 내리고 뾰족한 데는 침처럼 월광이 묻었다." 추위 속에 내쳐진 채로 홀로 '월광'을 바라보는 시인. 병든 시대, 병든 가정에서 아픈 시인에게 '월광'은 '침'이요, 시는 약이다. 가난과 질병과 고독 속에서도 시를 통해 어떻게든 "안 열리는 문을 열려고" 안간힘을 쓰다가 요절한 비운의 천재 시인의 모습이 새삼 시리게 살아나는 것만 같다.

이상(李箱, 본명: 김해경(金海卿))은 1910년 서울에서 태어나 1937년 영면했다. 경성고등공업학교 건축과를 졸업하고, 1931년 《조선과 건축》에 「이상한 가역반응」 등으로 등단했다. 《구인회》 회원으로 활동하며 시·소설·수필 등 다양한 장르에서 약 2,000여 편의 작품을 남겼다. 한국 문학에서 미래파 자의식 문학의 선구자로 평가받으며, 무의식과 상징을 시 세계에 도입했다. **유고 시집**으로는 『이상선집』(김기림 편집), 『이상시전작집』(이어령 편집)이 있다.

가정 박목월

지상에는
아홉 켤레의 신발
아니 현관에는 아니 들깐에는
아니 어느 시인의 가정에는
알전등이 켜질 무렵을
문수(文數)가 다른 아홉 켤레의 신발을

내 신발은 십구문반
눈과 얼음의 길을 걸어
그들 옆에 벗으면
육문삼의 코가 납작한
귀염둥아 귀염둥아
우리 막내둥아

미소하는
내 얼굴을 보아라
얼음과 눈으로 벽(壁)을 짜올린
여기는 지상
연민한 삶의 길이여

내 신발은 십구문반

아랫목에 모인
아홉 마리의 강아지야
강아지 같은 것들아
굴욕과 굶주림과 추운 길을 걸어
내가 왔다
아버지가 왔다
아니 십구문반의 신발이 왔다
아니 지상에는
아버지라는 어설픈 것이
존재한다
미소하는
내 얼굴을 보아라

■출처 : 앤솔로지 『한국대표시인 101인선집』, 문학사상사(2007).

연민한 삶의 길을 걸어오신 아버지

눈보라 치는 날 "알전등이 켜질 무렵" 귀가하시는 아버지의 모습이 눈에 보이는 듯하다. 적당히 취기가 오른 아버지께서 머리와 어깨에 쌓인 눈을 털며 집으로 들어서신다. 아버지는 "눈과 얼음의 길을 걸어"오신 신발을 현관에 벗어 가지런히 놓으시며, "문수가 다른 아홉 켤레의 신발"을 유심히 들여다보신다. 그 신발들은 아홉 명 자식들의 분신이다.

내리사랑 아버지의 눈길은 "코가 납작한 귀염둥이 막내둥이"의 신발에 더 오래 머문다. 입가에 저절로 미소가 번진다. 미소를 머금은 채 아버지는 방에 들어오셔서 연민 가득한 눈길로 "아랫목에 모인/아홉 마리의 강아지"들을 들여다보신다. 설핏 잠에서 깨어나는 우리의 눈꺼풀 사이로 찬눈이 녹아 흐르는 아버지의 얼굴이 스치듯 지나간다.

가정은 우리의 육체와 정신의 근원이다. 소아과 의사이자 정신분석가인 도널드 위니컷(Donald Woods Winnicott)은 건강하고 창조적인 인격의 발달을 위해 안전하고 촉진적인 가정환경의 중요성을 일관되게 강조했다. "가정이야말로 우리가 시작하는 곳!(Home is where we start from!)" 가정에는 돌봄이 필요한 아이들과 그 아이들을 돌보아주는 부모가 있다. 너무도 당연한 이 사실이, 지금 우리에겐 가장 간절한 진실이 되었다.

시인은 가정을 '신발들'이 있는 곳으로 표현한다. 신발은 '지상'의 길을 걸어야 하는 존재의 상징이다. 거기에는, "아니 어느 시인의 가정에는" "눈과 얼음의 길을 걸어" 돌아오시는 "십구문반의 신발"인 아버지가 계신다. 그리고 그 안에는 자녀들인 "문수가 다른 아홉 켤레의 신발들"이 안전하게 놓여 있다.

여기에서의 아버지는 '하늘에 계신 아버지'처럼 완벽하고 전능한 존재가 아니다. 지상에 존재하는 아버지는 그저 '십구문반'의 "어설픈 것"일 뿐이다. 그럼에도 지상의 모든 아버지들이 위대한 까닭은 오직 사랑, 곧 부정(父情) 때문이다.

온종일 "굴욕과 굶주림과 추운 길을 걸어"오셨으면서도, "육문삼의 코가 납작한 막내둥이"의 신발을 보고 미소하시는 아버지. "문수가 다른 아홉 켤레의 신발"을 보호하고 양육하기 위해, 당신의 최선을 다해 일생 "연민한 삶의 길"을 걸어오신 아버지. 그런 아버지들이 계셨기에 우리는 태어나고, 이만큼 안전하게 살아올 수 있었다.

박목월(朴木月, 본명: 영종(泳鐘))은 1916년 경상북도 월성(경주)에서 태어나 1978년 영면했다. 대구 계성고등학교를 졸업하고, 한양대학교에서 명예 문학박사 학위를 받았다. 1933년 《어린이》에 동시 「통딱딱 통짝짝」과 《신가정》에 「제비맞이」가 당선되어 동시 시인으로 알려졌고, 1940년 《문장》에 「가을 어스름」·「연륜」이 정지용의 추천을 받아 본격적으로 등단했다. 조지훈, 박두진과 함께 『청록집』을 간행하며 청록파 시인으로 활동했고, 한국문학가협회 중앙위원 및 사무국장을 맡았다. 한국전쟁 발발 직후에는 한국문학가협회 별동대를 조직하고 공군종군문인단으로 1953년까지 복무했으며, 계성고등학교와 이화여자고등학교 교사를 거쳐 홍익대학교·서라벌예술대학·중앙대학교 강사, 한양대학교 교수로 재직했다. 아시아자유문학상, 서울시문화상, 대한민국문화예술상, 국민훈장 모란장을 수상 및 수훈했으며, **시집**으로는 『산도화(山桃花)』, 『난, 기타』, 『청담(晴曇)』, 『경상도(慶尙道)의 가랑잎』, 『어머니』, 『청록집, 기타』, 『사력질』, 『무순』, 『크고 부드러운 손』이 있다.

노신 (魯迅) 김광균

시(詩)를 믿고 어떻게 살아가나
서른 먹은 사내가 하나 잠을 못 잔다.

먼— 기적 소리 처마를 스쳐가고
잠들은 아내와 어린것의 베개맡에
밤눈이 내려 쌓이나 보다.

무수한 손에 뺨을 얻어맞으며
항시 곤두박질해 온 생활의 노래
지나는 돌팔매에도 이제는 피곤하다.

먹고 산다는 것,
너는 언제까지 나를 쫓아오느냐.

등불을 켜고 일어나 앉는다.
담배를 피워 문다.
쓸쓸한 것이 오장을 씻어 내린다.

노신이여 이런 밤이면 그대가 생각난다.

온―세계가 눈물에 젖어 있는 밤.

상해(上海) 호마로(胡馬路) 어느 뒷골목에서

쓸쓸히 앉아 지키던 등불

등불이 나에게 속삭어린다.

여기 하나의 상심한 사람이 있다.

여기 하나의 굳세게 살아온 인생이 있다.

■출처 : 시집『설야』, 시인생각(2013).

나의 시는 '등불'이 되고 있는가?

"아무리 체격이 좋아도 머리가 우둔해 가지고는 쓸모가 없다. 기껏 총살당하거나 자기 나라 사람이 총살당하는 것을 구경하는 게 고작이다. 중국에 있어 가장 필요한 것은 의학보다도 정신의 개조이다. 그리고 정신 개조의 가장 유력한 무기는 문학 이외에는 없다."

중국 근대문학의 아버지 루쉰(魯迅)은 암흑기에 처한 조국의 현실을 목도하고 체험하면서, 문학의 길에 헌신했다. 지역은 다르지만 억눌리던 시대를 거쳐 온 김광균 시인이 노신을 떠올리는 건 자연스러운 일일지도 모른다. 그러나 이 시에서 시인은 민족 개조를 외치는 지사의 모습이 아니라, 가족을 먹여 살리는 일에 지친 소시민 가장의 모습으로 등장한다.

가난한 나라, 가난한 집의 가장인 시인은 "시를 믿고 어떻게 살아가나"를 고민하며 "잠을 못 잔다." 『아Q정전』의 '아Q'처럼 곧 죽을지도 모르는데 "아무렇게나 쓰러져서 곧 잠들어 버릴" 수는 없기 때문이다. 그에게 '밤눈'은 더 이상 "먼—곳의 여인의 옷 벗는 소리"(「설야」)가 아니라 "항시 곤두박질해 온 생활의 노래"이며, "먹고 산다는 것"만큼 큰 문제는 없다.

그래서였을까. 그는 결국 37세부터 문필을 중단하고 경제활동에 투신했다. 그리고 노년에야 다시 문학으로 돌아왔다. 노신과

김광균, 두 작가의 삶의 궤적을 통해, 우리는 무엇이 자기 가족과 민족에게 가장 중요한 것인지 치열하게 고민하며 "굳세게 살아온 인생"을 엿볼 수 있다.

책을 읽지 않는 시대, 특히 문학 서적을 경원시하는 요즘 같은 세태에 시란 무엇인가? 문학이 무슨 소용이 있나? 시를 믿고 어떻게 살아가나? 묻기 전에 시인들은 스스로 자문해 볼 일이다. 나는 정말 참되게 문학을 하고 있는가? 경제인들만큼 치열하게 시를 쓰고 있는가? 그리고 깊이 돌아봐야 한다. "온 세계가 눈물에 젖어 있는" 춥고 어둔 밤, 나의 시는 '등불'이 되고 있는가? 난로나 스웨터가 되고 있는가?

김광균(金光均, 아호: 우사(雨社)·우두(雨杜), 세례명: 요셉)은 1914년 북한 개성에서 태어나 1993년 영면했다. 송도상업학교를 졸업하고, 1926년 《중외일보》에 「가신 누님」을, 1930년 《동아일보》에 「야경차(夜警車)」를 발표하며 문단에 모습을 드러냈다. 1938년 《조선일보》 신춘문예에 「설야(雪夜)」가 당선되며 재등단했다. 《시인부락》과 《자오선》 동인으로 활동했으며, 전후에는 실업계에 투신해 국제상사 중재위원회 한국위원회 감사, 무역협회 부회장, 한일경제협력특별위원회 상임위원, 한국경제인연합회·한국무역협회 이사 등을 역임했다. 정지용문학상을 수상했고, 은관문화훈장을 받았다. **시집**으로는 『와사등(瓦斯燈)』, 『기항지(寄港地)』, 『황혼가(黃昏歌)』, 『추풍귀우(秋風鬼雨)』가 있다.

나그네 김남조

내가 성냥 그어
낙엽더미에 불 붙였더니
꿈속의 모닥불 같았다
나그네 한 사람이
먼 곳에서 다가와
입고 온 추위를 옷 벗고 앉으니
두 배로 밝고 따뜻했다

할 말 없고
손잡을 일도 없고
아까운 불길
눈 녹듯 사윈다 해도
도리 없는 일이었다

내가 불 피웠고
나그네 한 사람이 와서
삭풍의 추위를 벗고 옆에 앉으니
내 마음 충만하고
영광스럽기까지 하다

〉
이대로 한평생인들
좋을 일이었다.

■출처 : 시집 『충만한 사랑』, 열화당(2017).

누군가 옆에 앉아 있을 때

"사람은 누구나 자신에 대한 걱정과 보살핌으로 사는 것이 아니라 사람의 마음에 있는 사랑으로 사는 것입니다."(「사람은 무엇으로 사는가」에서)

톨스토이의 이 말은 그저 옛이야기가 되고, 세상은 자기애가 지나친 사람들의 비정한 소식들로 흉흉하다. 그래서일까? "내가 불 피웠고/나그네 한 사람이 와서/삭풍의 추위를 벗고 옆에 앉으니/내 마음 충만하고/영광스럽기까지 하다"는 시구가 '모닥불'인 양 훈훈하게 마음을 덥혀준다.

우리의 존재는 언젠가 지고 말 '낙엽더미'와 같다. 천년만년 살 것처럼 욕심을 부리지만, 목숨의 불꽃이란 "꿈속의 모닥불"처럼 아름답지만 일시적이라는 사실을 부인하거나 외면할 수 없다. 그러므로 이 "아까운 불길"에 불 쬐는 사람이 없다면 그 얼마나 쓸쓸하고 허무한 일인가. 더구나 그것이 사위어가는 불길이라면 더더욱 말이다.

누군가 나의 불을 쬐면서 '옆에' 있어 주는 것만으로도 기쁨은 배가 되고 마음이 충만해져 "이대로 한평생인들/좋을 일"이 된다. 그럴 때 '나그네'는 톨스토이의 이야기 속 천사 미하일이 될 테니…

김남조(金南祚, 세례명: 마리아 막달레나)는 1927년 경상북도 대구에서 태어나 2023년 영면했다. 서울대학교 사범대학 국어교육학과를 졸업하고 숙명여자대학교에서 명예 문학박사 학위를 받았다. 1950년 《연합신문》에 「성수(星宿)」·「잔상」 등을 발표하며 등단했고, 마산고등학교와 이화여자고등학교에서 교사로 근무했으며, 성균관대학교 강사, 숙명여자대학교 교수로 재직했다. 한국시인협회와 한국여성문학인회 회장, 대한민국예술원 회원을 역임했다. 자유문학가협회문학상, 오월문예상, 한국시인협회상, 서울시문화상, 삼일문화상, 대한민국예술원상, 만해대상, 정지용문학상을 수상했으며, 은관문화훈장과 국민훈장 모란장을 받았다. **시집**으로는 『목숨』, 『나아드의 향유(香油)』, 『나무와 바람』, 『김남조 시집』, 『정염(情念)의 기(旗)』, 『풍림(楓林)의 음악(音樂)』, 『겨울바다』, 『설일(雪日)』, 『사랑 초서(草書)』, 『동행(同行)』, 『빛과 고요』, 『바람 세례』, 『외롭거든 사랑이소서』, 『희망학습』, 『사랑초서와 촛불』, 『너를 위하여』, 『저무는 날에』, 『충만한 사랑』이 있다.

숯의 미사 고진하

화목보일러 아궁이 속의 불탄 잔해,
제 몸에서 피어오르는 연기에 질식되어
밀봉된 항아리 속에서 숯이 되었다

톱과
도끼와
모탕과
함께 피흘리던 기억을 단번에 사르고

미래의 불꽃만 간직한 채 숯으로 변한
순교자!

재로 가는 성급한 소멸이 아니라
타자를 위해 검은 우회로를 밟도록 선택된
그댈 위해

나는 한 개비 인화물(引火物)이 되고 싶다
이글이글 그대가 피워 올릴 최후의 황홀한 미사를 위해.

■출처 : 시집 『얼음수도원』, 민음사(2001).

검은 우회로와 한 개비 인화물

"두 번 나면 한 번 죽고, 한 번 나면 두 번 죽는다"는 말이 있다. 이는 성경에서 예수께서 유대 공회의원인 니코데모에게 하셨던 말씀과 연관된 것으로, '거듭남'의 비밀이 담겨 있는 경구이다. 성경에서 예수께서는 "사람이 거듭나지 아니하면 하나님 나라를 볼 수 없다"(요한복음 3:3)고 하시면서, "육으로 난 것은 육이요 영으로 난 것은 영"이라고 잘라 말씀하신다. 육으로 난 사람이 영으로 거듭나지 않으면 육으로 한 번 죽고 영으로 또 한 번 죽으니 두 번 죽게 된다는 얘기다. 반대로 거듭난 사람은 육으로는 한 번 죽지만 영으로는 죽지 않기에 영원한 생명을 얻게 된다는 논리가 성립한다.

'숯'은 거듭남의 본보기다. 나무토막은 물과 성령이 아니라 '불'과 '연기'에 의해 '숯'이 된다. 이 시에서 '숯'은 "모탕과 함께 피흘리던" 첫 번째 탄생의 "기억을 단번에 사르고" 거듭난 순교자의 표상으로, "타자를 위해 검은 우회로를 밟도록 선택된" 존재를 상징한다. 이들의 궁극적 목표는 "재로 가는 성급한 소멸"이 아니라, 온몸 바쳐 '미래의 불꽃'을 피워 올리는 일, 즉 헌신적 사랑이다. 여기에서 '검은 우회로'라는 표현이 의미심장하다.

누군가를 위한다고 할 때 성급함은 금물이다. 누군가를 사랑할 때는 희고 환한 길로만 갈 수가 없다. 때로는 오해와 비난 속에서 눈물 흘려야 하고, 또 때로는 굳게 닫힌 문밖에서 하염없이 기다려야 한다. 함께 비와 눈을 맞아야 할 때도 있을 것이다. 그러므로

'타자'를 사랑하도록 선택된 사람은 검고 어두운 길을 멀리 돌아서 갈 수 있도록 좀 넉넉해져야 한다.

장작불은 활활 타오르지만 바람에 약하며 오래가지 못한다. 성급한 사랑은 위험하며 수명이 짧다. 하지만 숯불의 사랑은 바람과 상관없이 오래도록 이글이글 진득하게 타오른다. 뿐만 아니라 화덕에 불씨를 남겨 언제까지나 내일을 기약한다. 그래서 거듭난 숯의 사랑은 더욱 치열하다.

마지막 연에서 '나'로 표현된 시인의 서정적 자아는 숯불보다 한층 더 치열하게 고조된다. 쇠를 깎는 쇠가 있고 기계를 만드는 기계가 있는 것처럼, 숯에 불을 붙이는 불이 있다면 바로 '나'이고자 한다. '나'는 기꺼이 그 "한 개비 인화물"이 되어 숯, "그대가 피워 올릴 최후의 황홀한 미사"에 참례하고자 한다. 시인의 종말론적인 세계관이 엿보이는 대목으로, 결정적 순간에 자신을 내던지고자 하는 종교적 의지가 돋보인다.

고진하(高鎭河, 아호: **모월산인**(母月山人))은 1953년 강원도 영월에서 태어났다. 감리교신학대학교와 동 대학원을 졸업했다. 1987년 《세계의 문학》에 「빈들」 외 5편으로 등단했으며, 《기독교사상》 편집부를 거쳐 홍천과 강릉 등지에서 목회자로 일했고, 이화여자대학교와 감리교신학대학교에서 강의했다. 현재 한살림교회 담임목사로 있으며 숭실대학교 문예창작과 겸임교수로 재직 중이다. 김달진문학상, 강원작가상, 영랑시문학상을 수상했으며, **시집**으로는 『지금 남은 자들의 골짜기엔』, 『프란체스코의 새들』, 『우주배꼽』, 『얼음수도원』, 『수탉』, 『거룩한 낭비』, 『호랑나비 돛배』, 『꽃 먹는 소』, 『명랑의 둘레』가 있다.

일산시첩 5 ^{김지하}

내 몸에
살 떠나고
뼈만 남았구나
흰 햇살 눈부신
뼛속에서
무지개 꿈꾸고
뼛속에서 풀잎 자라고
해와 달 뜨고
밤낮
굿치는 소리 들린다.
도시의 뼈
거리의 숱한 하얀 뼈
뼈만 남은
내 삶
새 천지 키우는 자리.

■출처 : 시집 『중심의 괴로움』, 아킬라미디어(2016).

앙상하지만 찬란한 진실

오랜 세월 시인의 반골 기질은 우리 현대사의 암울한 부분과 맞물려 처절하도록 아프게 돌아갔다. 부정부패와 독재, 반민주가 있는 곳이면 어디든지 그 중심에 김지하 시인이 있었다. 시인의 본성은 불의와 부정을 용납하지 못했고, 뜨거운 혈기는 끊임없이 역사의 현실에 뛰어들도록 추동하였기 때문이리라.

그러던 그가 변하였다. 혹자는 변절이라고도 하지만 필자는 변화, 곧 정신적 탈바꿈이라 본다. 어느 날 감옥 철창의 시멘트 틈새로 돋아난 개가죽나무 풀 한 포기를 보고 그는 생명의 사상에 눈을 뜨면서 통곡하였다고 한다. 한낱 풀포기도 이렇듯 널리 생명을 전파하는데, 고등생명체라고 하는 나는 대체 무엇인가 하는 근원적인 질문에 맞닥뜨린 것이다.

그는 저항과 투쟁의 시인에서 생명과 사랑의 시인으로 거듭났고, 외부로만 치닫던 그의 시 세계도 차츰 내적 관조의 세계로 향하게 되었다. 다변과 장광설로 이어지던 시들이 고도의 절제와 응축의 미를 보여준 것도 그러한 변화와 무관하지 않을 것이다.

젊은 날의 모든 욕망과 혈기가 떠난 곳에는 앙상한 "뼈만 남았"다. 그러나 그 '뼈'란 실은 어떠한 거짓이나 과장과 가식이 없는 상태, 즉 존재의 근간이 아니겠는가. 그러므로 비록 앙상하지만 찬란하기 그지없는 진실에 이를 때, 우리는 "흰 햇살 눈부신/뼛속"에서

“새 삶/새 천지”를 일궈낼 수 있는 것이리라.

김지하(金芝河, 본명: 영일(英一))은 1941년 전라남도 목포에서 태어나 2022년 영면했다. 중동고등학교를 거쳐 서울대학교 문리대학 미학과를 졸업했다. 1963년 《목포문학》에 「저녁 이야기」를 발표하면서 김지하라는 필명을 처음 사용했고, 1969년 《시인》에 「황톳길」·「비」·「가벼움」·「녹두빛」·「들녘」 등을 발표하며 정식으로 등단했다. 건국대학교 대학원·원광대학교 원불교학과·동국대학교 생태환경연구센터·명지대학교·영남대학교·한국예술종합학교 등에서 석좌교수로 재직했으며, 세계생명문화포럼 공동추진위원장, 민족정신회복시민운동연합 임시대표 등을 역임했다. 로터스상 특별상, 국민시인회 위대한 시인상, 부르노 크라이스키상, 이상문학상, 정지용문학상, 만해문학대상, 대산문학상, 공초문학상, 시와시학상, 민세상, 협성사회공헌상 특별상 등을 수상했다. **시집**으로는 『황토(黃土)』, 『오적(五賊)』, 『타는 목마름으로』, 『밥』, 『민족의 노래 민중의 노래』, 『애린』(1, 2권), 『검은 산 하얀 방』, 『이 가문 날에 비구름』, 『별밭을 우러르며』, 『결정본 김지하 시 전집』, 『중심의 괴로움』이 있다.

이 겨울에 ^{함동선}

■출처 : 시선집 『마지막 본 얼굴』, 홍익출판사(1987).

고향 떠날 때의

노 젓는 소리 생각하면

지금도 어지럼병이 도지는데

짐을 지워주시던 어머님의 그 따스한 손결은

이제쯤 파삭파삭한 가랑잎이 되었을 거야

보리밭이 곧 마당인 집에서

막둥이가 돌아오는 날까지

막둥이가 커가는 소리

밭이랑에 누워 듣겠다 하셨는데

지금은 손돌(孫乭)이바람만 서성거릴 거야

눈을 꿈쩍꿈쩍 거리다가

마흔다섯을 살아온 세월이

물속에 비친 등불처럼 흔들려오는

유리창에는

그물처럼 던져 있는

어머님 생각이

박살난 유리 조각으로 오글오글 모여든다

귀향의 짐을 진 시인

함동선 시인은 실향시인이다. 그의 고향은 황해도 연백으로, 38
선 이남이었으나 6·25전쟁으로 인해 군사분계선 이북 지역이 되
어 지척에 두고도 갈 수 없는 곳이 되었다. 시인은 전쟁 당시 "잠깐
일 게다"라며 잠시 피해 있다가 오라는 어머니만 남겨둔 채로 고
향을 떠나왔다. 하지만 시인은 시를 쓴 당시는 물론이고 지금까지
실향의 한을 곱씹고 있다. 그것은 시인에게 있어서 단순한 개인적
한으로 끝나지 않는다.

시인에게 어머니로 표상되는 고향은 우리 민족이 통일을 이루
어 돌아가야 할 곳이며, 나아가 전쟁과 적대로 분열된 인류가 회
복해야 할 본향으로 확대될 수 있다. 시인은 어머니가 6남매의 '막
둥이'인 자신에게 그 "짐을 지워주"셨다고 느끼는 것 같다. 따라서
시인은 엄동에도 파랗게 돋아나는 "보리밭 밭이랑에 누워" "막둥
이가 돌아오는 날까지/막둥이가 커가는 소리"를 듣겠다는 어머니
의 당부를 아프게 되새기며, 이제껏 어머니의 당부를 들어드리지
못하고 세월만 보내왔다는 자책으로 고통스러워한다.

귀향의 책무를 짊어지게 된 시인으로서는 어떻게든 그것을 건져
내기 위해서 "어머님 생각"을 "그물처럼 던져" 놓지만, 그것은 좌
절만 안겨줄 뿐이다. "박살난 유리 조각으로 오글오글 모여든다"
는 표현에서 그러한 시인의 절박한 내면 의식을 엿볼 수 있다. 실
향 1세대들이 거의 돌아가시게 된 지금, 시인이 감지한 분단과 실

향의 이 겨울이 더욱 시리게 다가오는 이유이다.

함동선(咸東鮮, 아호: 산목(散木))은 1930년 황해도 연백에서 태어났다. 중앙대학교 영문과를 졸업하고, 경희대학교 국문학과에서 석사 및 박사 학위를 받았다. 1958년과 1959년 《현대문학》에 「봄비」·「불여귀(不如歸)」·「학의 노래」 등이 서정주의 추천으로 실리며 등단했다. 《오시회(午詩會)》·《시단》 동인으로 활동했으며, 월간 《학생예술》 편집장, 서라벌신문 주간 및 출판부장을 역임했다. 서라벌예술대학·중앙대학교 예술대학·동덕여자대학교 문예창작과·제주대학교·인천대학교, 경희대학교 등에서 교수 및 강사로 재직했으며, 중앙대학교 예술대학 예술연구소 소장으로도 일했다. 한국문인산악회 창립 및 초대회장, 한국현대시인협회, 한국시문학회 회장, 한국문인협회 부이사장을 지냈다. 펜문학상, 대한민국문화예술상, 서울시문화상, 청마문학상, 황해도 영예도민상, 국민훈장 석류장을 수상하거나 수훈했다. **시집**으로는 『우후개화(雨後開花)』, 『꽃이 있던 자리』, 『안행(雁行)』, 『눈 감으면 보이는 어머니』, 『식민지』, 『산에 홀로 오르는 것은』, 『시간은 앉게 하고 마음은 서게 하고』, 『짧은 세월 긴 이야기』, 『인연설』, 『밤섬의 숲』, 『연백』이 있다.

보리는 쥐불처럼 ^{엄한정}

쭉정이 씨는 바람에 날리고
보리는 쥐불처럼 겨울을 산다.

햇살이 아직은 뿌리에 닿지 않지만
심화로 불탄 재에
뿌리 내리며
아리고 쓰린 일 다스려 안고
신명에 눈뜨고 있다.
노인의 아들인 듯 늦되는 곡식.

그들이 등걸잠을 잘 때에
은혜의 이슬은
벗은 발을 덥히고
가려운 가슴을 적신다.

거울에 비추지 않는 봄을
남모르게 모으며
별 얼고 돌 우는 밤에
진실을 이간하는 대목을 지운다.

〉
썩지 않는 말씀을 고르다가

하류로 풀리는 풀씨처럼

들판을 덮고

이윽고 보리는 농부의 잠 속에 꿈이 된다.

■출처 : 시집 『풍경을 흔드는 바람』, 새미(2015).

역경 속에서 희망이 되는 존재

"칼날같이 매서운 바람이 너의 등을 밀고, 얼음같이 차디찬 눈이 너의 온몸을 덮어 억눌러도, 너는 너의 푸른 생명을 잃지 않았었다."

한흑구 수필가는 보리에 대해 이렇게 쓴 바 있거니와, 사실은 보리로 상징되는 과거 우리 민족의 강인한 생명력에 대한 예찬이 아니었겠는가. 지금은 살 만한 때가 되었다고는 하지만, 한겨울 한파 속에서도 푸릇푸릇 꿋꿋하게 자라나는 보리의 모습에서 우리는 여전히 배울 게 많으리라.

이 시에서 시인은 한 걸음 더 나아가 '보리'를 '쥐불'에 비유한다. 그 번지는 모습에서뿐 아니라 의미로도 보리는 쥐불과 닮은 점이 있다. 쥐불은 쥐와 해충의 알을 죽이고 봄 새싹의 거름이 되며, 정신적으로는 잡귀를 쫓고 신성한 봄을 맞이한다는 의미를 지닌다. 쥐불은 어려울 때 좌절하지 않고 적극적으로 행동하여 내일의 풍요를 부르는 놀이이자 의식이다. 시인은 그런 쥐불과 보리를 동일시함으로써 그 존재의 의미를 증폭시키는 것이다.

"거울에 비추지 않는 봄을/남모르게 모으며/별 얼고 돌 우는 밤에/진실을 이간하는 대목을 지운다."는 4연과, 5연의 "썩지 않는 말씀"과 "농부의 잠 속에 꿈이 된다."는 구절에 이르면 우리는 시인이 보리에 부여한 의미를 눈치채게 된다. 얼마나 진실한 아픔과 간절한 기원이 담겨 있는지 아는 이는 알리라.

역경 속에서 온갖 고난을 겪으면서도 '이윽고' 스스로 희망이 되는 존재. "노인의 아들인 듯 늦되는 곡식"인 우리에겐 아직 그의 교훈이 필요하다. 물질적으로는 역사상 유례없는 풍요를 누리고 있다지만, 정신적 춘궁기 속에서, 영혼의 엄동을 면치 못하는 지금 우리에게, 보리의 근성과 사상은 어쩌면 더더욱 절실해졌는지도 모른다.

엄한정(嚴漢晶, 아호: 오하(梧下)·염소(念少))은 1936년 인천 부평구에서 태어났다. 서울 서라벌예술대학 문예창작과를 졸업했으며, 1963년 《아동문학》에 동시 3회 추천을 받았고, 1973년 《현대문학》에 「조춘 4수(早春 四首)」가 추천 완료되며 등단했다. 한국농민문학회·한국문인산악회·한국문인수석회 회장을 역임하고, 국제펜클럽한국본부 이사, 한국현대시인협회 부회장으로도 활동했다. 《이한세상》 동인으로 참여했으며, 일봉문학상, 한국현대시인상, 농민문학상, 제5회 한송문학상, 국민훈장 석류장을 수상했다. **시집**으로는 『낮은 자리』, 『풀이 되어 산다는 것』, 『머슴새』, 『꽃잎에 섬이 가리운다』, 『면산담화』, 『풍경을 흔드는 바람』, 『나의 자리』가 있다.

길을 가다가 조기호

어제는 봄날 살구꽃처럼 시디시게 웃었다

아지랑이마냥 아른 아른 주책없이 살다가

오늘은 단풍든 노을도 지나 살얼음 되어 떠내려간다

밀화부리 날아가고 채송화는 져버렸다

이런 것들이 영겁으로 가는 밑거름에 가늠되었다면

높은 산 깊은 강 없으매

잘 살았다

당신을 읽어가면서 풀어보면서.

■출처 : 《문학사계》, 2016년 봄(통권 57호).

무위의 꽃, 허무를 건너다

"삶이 있는 곳에 의지가 있는 법이다. 그러나 그것은 삶에 대한 의지가 아니라 권력에 대한 의지다." 니체는 『차라투스트라는 이렇게 말했다』에서 이렇게 말했다. 살아 있는 모든 것은 단순히 생존하기 위해서가 아니라, 삶 자체보다 더 높게 평가되는 "보다 높은 곳, 보다 먼 곳, 보다 다양한 것에 대한 충동"을 품고, 그 주인이 되고자 하는 기쁨에 생을 건다는 것이다.

인간은 본능적으로 그런 욕망을 지닌다. 질서를 만드는 강자뿐 아니라, 그 질서에 복종하는 약자조차 저마다의 방식으로 자신의 권력 의지를 실현한다. 샛길을 통해서든, 정신적 승리를 획득하는 방식으로든 말이다.

조기호 시인의 시는 그런 점에서 약자의 시이며, 무능의 슬기로 승리를 얻어내는 현자의 시다. '살구꽃', '아지랑이', '노을', '살얼음', '밀화부리', '채송화'와 같은 시적 상징들은 "영겁으로 가는 밑거름"처럼 다가온다. '웃었다', '살다가', '떠내려간다', '져버렸다'와 같은 시구는 유연한 생명의 변화로 가득하다. 여기에 깃든 정신은 서구식 권력 의지가 아니라, 노장사상의 무위자연에 더 가깝다.

무엇을 더 가지겠다고 욕심부리며, 얼마나 더 머물겠다고 연연하랴. 영겁의 입장에서 보면 강자도 약자도 없고, "높은 산 깊은 강 없으매"… 그럼에도 모든 존재는 살아 있는 동안 자기 가능성을 실현하기 위해 쉼 없이 움직인다. 끈질기게 달라붙는 허무를 넘어서는 대자연의 무위 의지로, 봄이면 산과 들에 진달래 개나리 벚꽃 목련이 피고, 시인은 사철 꽃과 녹음과 단풍과 눈 같은 시를 쓴다.

조기호(趙紀浩)는 1938년 전라북도 전주에서 태어났다. 1960년 《시와 소설》 지에 「강」을 발표하며 등단했으며, 《문예가족》·《표현》·《전주풍물시》 동인으로 활동했다. 전북시인협회 고문, 한국문인협회 전북지회 이사, 전주문인협회 회장을 역임했다. 제7회 한송문학상, 전주문학상, 목정문화상, 시인정신상, 후광문학상, 표현문학상, 전북문학상을 수상했으며, **시집**으로는 『저 꽃잎에 흐르는 바람아』, 『바람 가슴에 핀 노래』, 『산에서는 산이 자라나고』, 『가을 중모리』, 『새야 새야 개땅새야』, 『노을꽃보다 더 고운 당신』, 『별 하나 떨어져 새가 되고』, 『하현달 지듯 살며시 간 사람』, 『묵화 치는 새』, 『겨울 수심가』, 『백제의 미소』, 『건지산네 유월』, 『사람을 만나서 사랑을 꿈꾸었네』, 『아리운 이야기』, 『신화』, 『너였을거나』, 『육자배기』가 있다.

세한도 고재종

날로 기우듬해 가는 마을회관 옆
청솔 한 그루 꼿꼿이 서 있다.

한때는 앰프 방송 하나로
집집의 생쥐까지 깨우던 회관 옆,
그 둥치의 터지고 갈라진 아픔으로
푸른 눈 더욱 못 감는다.

그 회관 들창 거덜내는 댓바람 때마다
청솔은 또 한바탕 노엽게 운다.
거기 술만 취하면 앰프를 켜고
천둥산 박달재를 울고 넘는 이장과 함께.

생산도 새마을도 다 끊긴 궁벽, 그러나
저기 난장 난 비닐하우스를 일으키다
그 청솔 바라보는 몇몇들 보아라.

그때마다, 삭바람마저 빗질하여
서러움조차 잘 걸러내어

푸른 숨결을 풀어내는 청솔 보아라.

나는 희망의 노예는 아니거니와

까막까치 얼어죽는 이 아침에도

저 동녘에선 꼭두서니빛 타오른다.

■출처 : 시집 『그때 휘파람새가 울었다』, 시와시학사(2001).

세한의 청솔, 희망을 품다

"공자께서 말씀하시기를, '날씨가 추워진 뒤에야 소나무와 잣나무가 늦게 시듦을 안다.'고 하셨다. 소나무와 잣나무는 네 계절을 지내도 시들지 않는 것으로, 날씨가 추워지기 전에도 같은 소나무와 잣나무였고, 날씨가 추워진 뒤에도 같은 소나무와 잣나무였다. 그런데 성인께서는 날씨가 추워진 뒤의 것을 특별히 가리켜 일컬으셨다(孔子曰, 歲寒然後, 知松栢之後凋. 松栢是貫四時而不凋者, 歲寒以前一松栢也, 歲寒以後一松栢也. 聖人特稱之於歲寒之後.)."

이는 추사 김정희가 『세한도』에 남긴 발문 중 일부이다. 이 그림은 그가 제주 유배 시절, 귀한 책을 구해 보내준 제자 이상적의 정성에 감동해 그려준 것으로 알려져 있다. 권익에 따라 달라지는 세상 인심과 달리, 유배 이후에도 변함없는 태도로 자신을 대하던 제자의 마음에서 느낀 깊은 울림이 담겼다.

지금의 농촌은 예전의 농촌이 아니다. '농자천하지대본(農者天下之大本)'이라는 말은 아득한 옛말이 되었고, 자식이 부모를 두고 떠난 시대, 폐교와 빈집이 속출하고 아이들 웃음소리는 끊긴 지 오래다. 우리나라 총인구 중 농촌 인구 비율은 4.5% 이하로 떨어졌으며, 그마저도 65세 이상 고령 인구가 절반을 차지한다. '농촌 소멸'이란 말이 더 이상 낯설지 않은 지금, 도시의 허파이자 밥상이라 할 농촌을 이대로 잃어도 좋은 것일까.

이 시는 "날로 기우듬해 가는 마을회관 옆/청솔 한 그루"를 통해, 스러지는 것들 속에서도 꺼지지 않는 희망의 징후를 읽어낸다. 그 청솔은 마을 역사의 산증인이자 대표자로서, 사람들의 '아픔'과 '노여움'을 껴안고, '서러움'조차 거뜬히 걸러내어 푸른 숨결로 되살리는 희망의 식물이다. 그가 있기에, '나'는 "까막까치 얼어죽는 이 아침에도/저 동녘에서(선) 타오르는" '꼭두서니빛'을 마주한다.

겨울 숲에서 상록수가 시들지 않는 이유는 단순한 광합성 효율 때문이 아니라, 준비되고 절제된 생존 전략 때문이다. 대부분의 활엽수가 잎을 떨굴 때, 송백은 묵은 잎이 떨어지기 전 꾸준히 새잎을 틔우고, 뾰족한 잎을 지방질과 왁스층으로 감싸 에너지를 아낀다. 그것이 바로 청솔의 겨울나기 지혜다.

희망은 준비된 사람에게 온다. 희망은 또한 그 '노예'가 되어 억지로 짜내지 않아도, 속이지 않고 하루를 충실히 살아낸 사람에게는 아침 해처럼 스며오는 법이다. '농촌은 도시의 미래'라는 말처럼, 농부의 하루하루는 『세한도』의 붓끝처럼 다가와, 내일의 추사체를 궁구한다.

우리의 '궁벽'이 어디에 그 '꼭두서니빛'을 감추고 있는지, "삭바람마저 빗질하여/서러움조차 잘 걸러내어/푸른 숨결을 풀어내는

청솔"은 잘 알고 있으리라. 농촌도 우리 삶도, 이 겨울을 견뎌낸다
면 언젠가 더 강인해지리라는 것을.

고재종(高在鍾)은 1959년 전라남도 담양군에서 태어났다. 담양농고를 졸업하고,
1984년 《실천문학사》에 「동구 밖 집 열두 식구」 등 7편을 발표하며 등단했다.
광주전남작가회의 의장과 한국작가회의 부이사장을 역임했으며, 현재 고향 농부
겸 시인으로 활동 중이다. 신동엽문학상, 시와시학상, 젊은시인상, 소월시문학상
을 수상했으며, **시집**으로는 『바람부는 솔숲에 사랑은 머물고』, 『새벽 들』, 『사람
의 등불』, 『날랜 사랑』, 『앞강도 야위는 이 그리움』, 『그때 휘파람새가 울었다』,
『쪽빛 문장』이 있다.

　시는 그렇게 말을 건다

항해일지 4 ^{김종해}
— 도시의 상어

상어는 이 도시의 어느 건물 안에서도 몸을 숨기고 있는 것이
보였지만
정작 나는 갑판 위에서 작살을 날리지 못하였다.
날마다 작살의 날을 시퍼렇게 갈고 또 갈았지만
나는 작살을 쓸 수 없었다.
무엇인가 그물에 걸려서 퍼덕일 것 같은 번쩍임의 예감을 끌어
올리기 위하여
날마다 을지로나 청계천으로 노를 저어 가지만
헛일이었다. 아아, 헛일이었다.
눈은 와서 이미 겨울 바다는 서쪽으로 서쪽으로 기울어지고
석유는 얼마 남지 않았다.
그물 사이로 빠지는 눈 오는 바다를 금전 출납부 위에 올려놓고
아침마다 도장으로 눌러대지만,
계산기 위에 결재 서류의 숫자를 두드리고 또 두드리지만,
한 장의 방한복으로 추위를 가린 젊은 수부의 항로는 어디로
열려 있나.
상어가 출몰하는 흉흉한 바다,
그물을 물어뜯고 배를 뒤엎어 놓는 저놈의 상어,
음흉한 상어는 이 도시의 어느 건물 안에서도 몸을 숨기고 있

었지만

아아, 나는 왜 작살을 날려 저놈의 심장을 꿰뚫지 못하나.

춥고 어두운 겨울 항로 가운데

오늘은 한 젊은 수부가 사는 화곡동에 닻을 잠시 내리고 잔을

나누다.

■출처 : 시집 『항해일지』, 문학세계사(1984).

도시는 고통 속 희망의 바다

"그것을 고치는 데는 어떠한 약사의 기술도 보람 없었다. 다만 한 가지 길이 있다면, 사악한 창으로 그의 가슴을 뚫어 상처를 입히고, 끊임없는 고통을 준 적에게로 바다를 질주해서 바닷가를 향하는 상처난 고래와도 같이 역습하는 것뿐."(허먼 멜빌, 『백경』 문헌부 '선녀왕' 중에서)

"희귀한 늙은 고래여! 그대의 나라는/끝도 없이 비바람이 울부짖는 큰 바다./힘이 바로 정의인 그곳에 힘의 거인,/끝없는 바다의 왕이여"(같은 책 문헌부 '고래의 노래' 중에서)

도시는 거대한 바다이다. 온종일 인파가 들끓고 차량의 물결이 끊이지 않는다. 사람들은 이른 새벽부터 지하철이나 버스, 승용차라는 배를 타고 도시의 바다를 향해 출항한다. 가슴에는 저마다 "무엇인가 걸려서 퍼덕일 것 같은 번쩍임의 예감"을 지니고, '그물'과 '작살' 몇 개쯤 장착하고 있는지도 모를 일이다.

하지만 시에서 화자는 저녁이면 아무것도 건지지 못한 채, 하루 해가 "서쪽으로 기울어지고/석유는 얼마 남지 않았다"고 느낀다. 하루치의 수익을 되짚으며, "그물 사이로 빠지는 눈 오는 바다를 금전출납부에 올려놓"는다는 표현은, 생계라는 이름의 팽팽한 긴장과 허기를 절실히 드러낸다.

예나 지금이나 대도시라는 "흉흉한 바다"에서 하루하루를 근근

이 살아가는 서민의 삶은 팍팍하고 고달프다. 독재의 시대이거나 민주의 시대이거나, 도시의 바다에는 언제나 "음흉한 상어"가 도 사리고 있기 때문이다. 그럼에도 불구하고 지금도 어디에선가 항 해를 멈추지 않는 "젊은 수부"가 "날마다 작살의 날을 시퍼렇게 갈 고" 있으리라. 아무리 춥고 어두워도, 도시의 희망은 바로 그곳에 서 벼려지기에.

김종해(金鍾海)는 1941년 부산에서 태어났다. 해동고등학교를 졸업했으며, 1963년 《자유문학》에 「저녁」이 당선되고, 1965년 《경향신문》 신춘문예에 「내 란(內亂)」이 당선되며 등단했다. 《현대시》 동인으로 활동했으며, 《나라사랑》·《심 상》 편집자, 계간 《시인세계》 발행인을 거쳐, 경향문학인회·한국현대시인협회 회 장을 역임했다. 현재 《문학세계사》 대표로 있다. 현대문학상, 한국문학작가상, 한 국시인협회상, 한국PEN문학상, 공초문학상, 구상문학상을 수상했으며, 문화부 장관 유공출판인 표창도 받았다. **시집**으로는 『인간의 악기(樂器)』, 『신의 열쇠』, 『왜 아니 오시나요』, 『천노(賤奴), 일어서다』, 『항해일지』, 『바람 부는 날은 지 하철을 타고』, 『별똥별』, 『풀』, 『어머니, 우리 어머니』(김종해·김종철 형제시집), 『봄꿈을 꾸며』, 『눈송이는 나의 각을 지운다』, 『모두 허공이야』, 『늦저녁의 버스 킹』, 『서로 사랑하기에는 시간이 너무 짧다』가 있다.

내 친구 야간 대리운전사 _{최명란}

늦은 밤

야간 대리운전사 내 친구가 손님 전화 오기를 기다리는 모습은

꼭 솟대에 앉은 새 같다

날아가고 싶은데 날지 못하고 담배를 피우며 서성대다가 휴대

폰이 울리면

푸드덕 날개를 펼치고 솟대를 떠나 밤의 거리로 재빨리 사라진다

그러나 다음날이면 또 언제 날아와 앉았는지 솟대 위에 앉아

물끄러미 나를 쳐다본다

그의 날개는 많이 꺾여 있다

솟대의 긴 장대를 꽉 움켜쥐고 있던 두 다리도 이미 힘을 잃었다

새벽 3시에 손님을 데려다주고 택시비가 아까워 하염없이 걷다

보면 영동대교

그대로 뛰어내리고 싶은 충동을 참은 적도 있다고 담배에 불을

붙인다

어제는 밤늦게까지 문을 닫지 않은 정육점 앞을 지나다가 마치

자기가

붉은 형광등 불빛에 알몸이 드러난 고깃덩어리 같았다고

새벽거리를 헤매며 쓰레기봉투를 찢는 밤고양이 같았다고

남의 운전대를 잡고 물 위를 달리는 소금쟁이 같았다고 길게

연기를 내뿜는다

아니야, 넌 우리 마을에 있던 솟대의 새야

나는 속으로 소리쳤다

솟대 끝에 앉은 우리 마을의 나무새는 언제나 노을이 지면

마을을 한 바퀴 휘돌고 장대 끝에 앉아 물소리를 내고 바람소

리를 내었다

친구여, 이제는 한강을 유유히 가로지르는 물오리의 길을

물과 하늘을 자유롭게 날아다니는 물새의 길을 함께 가자

깊은 밤

대리운전을 부탁하는 휴대폰이 급하게 울리면

푸드덕 날개를 펼치고 솟대를 떠나 밤의 거리로 사라지는

야간 대리운전사 내 친구

오늘밤에도 서울의 솟대 끝에 앉아 붉은 달을 바라본다

잎을 다 떨군 나뭇가지에 매달려 달빛은 반짝인다

■출처 : 시집 『자명한 연애론』, 황금알(2013).

희망은 앙상한 나뭇가지에 매달린 달빛

"희망은 날개 달린 것"이라고 에밀리 디킨슨은 노래했다. "영혼에 둥지를 틀고/가사 없는 노래를 부른다"고 했는가 하면, "모진바람 불 때 더욱 감미롭다"고도 했다. 2018년 서울, 대한민국엔 그런 희망이 있는 것일까?

2006년 신춘문예에 당선된 이 시가 쓰이던 무렵, '야간 대리운전사'라는 직업은 막 등장한 일시적 생계 수단처럼 여겨졌다. 그러나 지금은 기업화된 구조 속에서 하나의 생업으로 자리 잡았다. 너무도 오래, 밤과 낮이 바뀐 채 살아가는 이들의 '날개'는 어디에 있을까.

성탄과 제야의 종소리가 울리는 이즈음, 어딘가에는 "새벽 3시에 손님을 데려다주고 택시비가 아까워 하염없이 걷"는 야간 대리운전사가 있을 것이다. 그는 아마도 이 시에서처럼 스스로를 "알몸이 드러난 고깃덩어리"라 느끼고 있을지도. 아니면 "쓰레기봉투를 찢는 밤고양이"처럼, 또는 "물 위를 달리는 소금쟁이"처럼, 생계의 표면장력을 아슬아슬하게 버티며 걷고 있을까.

그는 "날개가 꺾"이고 "두 다리도 이미 힘을 잃"은 채, 위태로운 "서울의 솟대 끝에 앉아 붉은 달을 바라보"고 있을지 모른다.

한때 젊은이들 사이에서 유행하던 '헬조선'이라는 말을 삶의 온갖 고난을 거쳐 온 나이 든 세대는 철없는 배부른 소리라고 일축

한다. 하지만 천국과 지옥은 희망의 유무에 달려 있는 게 아닐까. 희망이 있다면 고난도 축복이 될 테지만, 그렇지 않다면 생업이란 그야말로 고달픈 고행이 되고 말 테니까.

이 시에서 시인은 그런 희망을 "물오리의 길"과 "물새의 길", 그리고 "잎 다 떨군 나뭇가지에 매달려 반짝이는 달빛"으로 노래한다. 디킨슨은 희망을 "가장 추운 땅에서도/가장 낯선 바다에서도 울리는 노래"라 했고, "묘한 대식가"라며 "무엇을 먹어도 늘 먹은 만큼 남아 있다"고도 했다.

그리스로마 신화에는 이런 이야기가 전해진다. 인류의 온갖 불행과 재앙은, 인류 최초의 여성 판도라가 제우스의 경고를 어기고, 호기심에 이끌려 봉인된 상자를 열었기 때문이라고 한다. 깜짝 놀란 판도라는 상자를 급히 닫았지만, 이미 온갖 재앙은 빠져나가고 말았다. 그 맨 밑바닥에 희망만이 남게 되었다는 것이다.

새해에는 그 희망이 "솟대의 새"처럼 "날개를 펼치고" 솟구쳐 올라, 이 땅 구석구석에 따스히 내려앉기를.

최명란은 1963년 경남 진주에서 태어났다. 2005년 《조선일보》 신춘문예 동시 당선, 2006년 《문화일보》 신춘문예에 시 「내 친구 야간대리운전사」가 당선되어 등단했다. 세종대학교 대학원 국문과를 졸업했다. 남명문학상, 편운문학상, 천상병시인상, 방정환문학상을 수상했다. **시집**으로는 『쓰러지는 법을 배운다』, 『자명한 연애론』, 『명랑생각』, 『이별의 메뉴』가 있다.

새로운 빛남으로 오는 새해 김후란

아침의 맑은 바람 타고
빛나는 바다가 일어선다

해마다 새로운 아침으로 떠오르는
새해의 얼굴

가장 짙은 어둠 끝에
새벽이 오듯이
새로운 빛남으로 다가서는
포부

새해는 어제의 그림자를 접고
어제의 진실 위에
긍지와 신뢰의 뿌리를 내린다

오늘과 내일이
보람의 열매로 익고
너와 나
우리 모두

은은한 정으로 살며
향기로운 사랑과 평화의 날들을
펼쳐가려 한다

한 해가 또다시 열린다
희망과 꿈을 안고 울려오는
종소리.

■출처 : 시선집 『오늘을 위한 노래』, 현대문학사(1987).

희망에도 쫓기지 않고 우보천리하기를

또 한 해가 "새로운 빛남으로" 밝아왔다. 여기저기에서 새해를 낳은 동해, "빛나는 바다가 일어서"고, 그 위로 티 없이 밝은 "새해의 얼굴"이 떠오르는 사진들을 덕담과 함께 휴대전화 메시지로 주고받는다.

수십억 년 지구의 역사에서 매일같이 뜨고 지는 것을 반복하는 태양이 새해 첫날이면 어김없이 "해마다 새로운 아침으로 떠오른다"는 건 놀라운 일이다. 사람들 마음속에 그만큼 낡고 어두운 "어제의 그림자를 접고/어제의 진실 위에/긍지와 신뢰의 뿌리를 내리"고자 하는 소망이 크기 때문일 것이다.

그 소망에 화답하듯 묵은해가 지고 새해가 떠오른다는 건 하나의 신비요 은총이다. 어두침침하고 삐뚤빼뚤한 우리의 삶에 또 한 번의 새로운 기회가 펼쳐지는 것이니까.

우리 마음속 이 소망이 지구에 태양이 사라지지 않는 한 사라지지 않기를, 시인의 소망처럼 부디 올해에는 모든 이들의 "오늘과 내일이/보람의 열매로 익고", "우리 모두/은은한 정으로 살며/향기로운 사랑과 평화의 날들을/펼쳐가"기를 기원해 본다.

부디 올해에는 실수와 잘못이 덜해지기를,
무언가 잘못될까 봐 불안해하지 않고,

 시는 그렇게 말을 건다

진실과 사랑과 믿음에 항구하며,
희망에도 쫓기지 않고 우보천리(牛步千里),
느긋이 산보하는 사람처럼 살아갈 수 있기를.

김후란(金后蘭, 본명: 형덕(炯德), 세례명: 크리스티나)은 1934년 서울에서 태어 났다. 부산사범학교와 서울대학교 사범대학에서 수학했으며, 1959~1960년 《현대문학》에 「오늘을 위한 노래」·「문」·「달팽이」 등을 신석초 시인의 추천으로 발표하며 등단했다. 한국일보·경향신문 기자를 거쳐 한국여성개발원장을 역임했으며, 한국여성문학인회·한국문학관협회 회장, 서울 문학의집·생명의숲 이사장, 대한민국예술원 회원으로도 활동했다. 《청미회(靑眉會)》 창립동인으로 참여했다. 현대문학상, 월탄문학상, 대한민국문학상, 서울시문화상, 펜문학상, 님시인상, 한국시인협회상, 이설주문학상, 녹색문학상, 공초문학상을 수상했으며, 국민훈장 모란장과 은관문화훈장을 받았다. **시집**으로는 『장도(粧刀)와 장미(薔薇)』, 『음계(音階)』, 『어떤 파도』, 『눈의 나라 시민이 되어』, 『숲이 이야기를 시작하는 이 시각에』, 『서울의 새벽』, 『우수의 바람』, 『서사시 세종대왕』, 『시인의 가슴에 심은 나무는』, 『따뜻한 가족』, 『새벽, 창을 열다』, 『비밀의 숲』, 『김후란 시 전집』이 있다.

작가의 말
시 출처 일람

걸리지만 떠나지 않는 말,
그래서 붙일 수밖에 없었던 제목의 이야기

책을 엮으며 제목을 놓고 오랜 시간을 맴돌았습니다. 처음엔 신문 연재 당시 이름 그대로 『임미옥의 목요시선』이라 할까도 했습니다. 저에게 '119'라는 숫자가 특별한 의미로 남아 있어 『시선 119』라고 정해볼까도 했습니다. 한동안은 『임미옥의 치유와 회복의 시선』이라는 제목이 가장 어울린다 여겼습니다. 그러나 그 어느 것도 끝내 마음속에 머물지 못했습니다.

그러다 문득 떠오른 말이 있었습니다. 『임미옥의 시적 동행』. 처음엔 '적'이라는 단어가 어딘가 모르게 마음에 걸렸습니다. 의미를 덧입힌 형용사로 끝나는 말은, 때로는 너무 꾸며진 것처럼 느껴지기도 하니까요. 그러나 이상하게도 이 말은 자꾸만 마음에 남았습니다. 조금 걸렸지만, 쉽게 떠나지 않았습니다. 그리고 저는 깨달았습니다. 시도, 제목도, 삶의 언어도—어쩌면 '걸리지만 떠나지 않는 말'이 가장 진실한 말일지도 모른다고.

'시적 동행'이라는 말은 단지 시와 함께 걸었다는 기록이 아닙니다. 그것은 시처럼 걷고, 시처럼 보고, 시처럼 살아보려는 마음의 방식을 담은 표현입니다. '시적'이라는 형용사에는 단지 수사적 아름다움만이 아니라 시의 감각, 시의 거리, 시의 시간, 시의 눈길이 함께 포함되어 있습니다. 이 동행은 시와의 동행인 동시에, 시의 방

식으로 살아보려는 지성과 감성, 그리고 영성의 동행입니다. '시적
동행'이라는 표현은 그 자체가 하나의 철학적 선언입니다.

그래서 '시적 동행'은 시의 언어로 서로를 부르고, 시의 지성과
감성으로 세상을 바라보고 이해하며, 시가 가리키는 곳을 따라 조
용히 함께 걸어가 보자는 제안이 됩니다.

시를 읽는다는 것은 때로는 버거운 마음으로 침묵 앞에 서는 일입
니다. 그러나 그 침묵에 귀 기울이는 마음이 모일 때, 시 한 줄이 누군
가에게 구원의 징검다리가 되어줄 수 있으리라 믿습니다. 그렇게 믿
었고, 그렇게 써왔으며, 그렇게 함께 걷고자 이 제목을 붙였습니다.

이 한 권의 책이 누군가에게 조용히 말을 건네는, 시의 언어 같은
책이 되기를 바라며—오늘도 저는 그 말 앞에 머물러 봅니다. 묵묵
히, 조금 더 곁에 머물며, 시처럼 동행하겠습니다.

임미옥

시 출처 일람

『임미옥의 시적 동행 1
- 시는 그렇게 말을 건다』

1부

1. 시집『우리들의 양식』, 민음사(1974).

2. 『미당시전집 1』, 민음사(1994).

3. 『金春洙 詩全集』, 민음사(1994).

4. 『조병화 시전집』, 국학자료원(2013).

5. 시집『바람의 뼈로 현을 켜다』, 시월(2018).

6. 번역 시선집『그대를 사랑하기에』, 민음사(1995).

7. 번역 앤솔로지『모래 위에 쓴 사랑의 편지』, 글벗사(1989).

8. 시집『신즉물시초』, 전북문인협회(1992).

9. 2인 시집『永郎, 龍兒 시선』, 세운문화사(1970).

10. 『김소월전집』, 서울대학교출판부(2008).

11. 시집『山의 序曲』, 嘉林出版社(1967).

12. 시집『낙화』, 시인생각(2013).

13. 《시안》, 2009년 가을호.

14. 시집『크레떼이유 안개 속에서』, 시문학사(2008).

15. 시집『사과 깎기』, 시문학사(2002).

16. 시집『그때는 아무것도 몰랐다』, 시인동네(2014).

17. 시집『갈라파고스』, 만인사(2011).

18. 시집『사랑의 물리학』, 문학세계사(2016).

19. 《시인수첩》, 2012년 봄호.

20. 번역 시선집 『끝과 시작』, 문학과지성사(2021).

2부

1. 시집 『육사시집 청포도 오리지널판』, 스타북스(2016).

2. 시선집 『김동명 시선』, 지식을만드는지식(2012).

3. 시집 『하늘과 바람과 별과 詩』, 더스토리(2016).

4. 『정본이상문학전집』, 소명출판(2009).

5. 시집 『까마귀』, 홍성사(1981).

6. 시집 『임과 검은 평화와 강』, 동지사(1972).

7. 번역 시선집 『기억이 나를 본다』, 들녘(2004).

8. 『전봉건 시전집』, 문학동네(2008).

9. 시선집 『주요한 시선』, 지식을만드는지식(2014).

10. 시집 『마음의 수수밭』, 창비시선(1994).

11. 《문학사계》, 2002년 겨울(통권 4호).

12. 시선집 『안부만 묻습니다』, 인간과문학사(2013).

13. 시선집 『깨끗한 희망』, 창작과비평사(1994).

14. 『현대시 창작법』, 국학자료원(2009).

15. 《문학사계》, 2013년 봄(통권 45호).

16. 시선집 『달팽이가 사는 법』, 문학사계(2013).

17. 시집 『못의 사회학』, 문학수첩(2013).

18. 《시향》, 2010년 겨울호.

3부

1. 시집 『가을의 기도 』, 미래사(1991).

2. 번역 앤솔로지 『영원한 사랑의 기도』, 국학자료원(1996)
   (일부 번역 가필).

3. 『한용운 시전집』, 서정시학(2014). (일부 현대어로 수정)

4. 시집 『조선의 마음』, 이프리북스(2013).

5. 전집 2권 『시의 원리』, 나남출판(1996).

6. 시집 『나와 나타샤와 흰 당나귀』, 다산초당(2005).

7. 시집 『강강술래』, 호남공론사(1955).

8. 『최하림 시 전집』, 문학과지성사(2010).

9. 시선집 『보리고개』, 탐구당(1991).

10. 시선집 『박남수 시선』, 지식을만드는지식(2012).

11. 시집 『아직은 촛불을 켤 때가 아닙니다』, 미래사(1991).

12. 『황송문 시 전집』, 자유문고(2007).

13. 시집 『새벽 종소리가 나를 찾아와서』, 문학아카데미(2003).

14. 시집 『불꽃 속의 바늘』, 새미(1999).

15. 앤솔로지 『'99선택된 시』, 시문학사(1999).

16. 시집 『떠난 것들의 등에서 저녁은 온다』, 천년의시작(2019).

17. 『신동춘 시 전집』 eBook, 한국문학도서관(2007).

4부

1. 시집 『솔개』, 시인생각(2013).

2. 『미당시전집 1』, 민음사(1994).

3. 앤솔로지 『우리의 고전시가 2』, 나무아래사람(2002).

4. 『정지용 전집 1』, 민음사(2006).

5. 『정본 이상 문학전집』, 소명출판(2009).

6. 앤솔로지 『한국대표시인 101인선집』, 문학사상사(2007).

7. 시집 『설야』, 시인생각(2013).

8. 시집 『충만한 사랑』, 열화당(2017).

9. 시집 『얼음수도원』, 민음사(2001).

10. 시집 『중심의 괴로움』, 아킬라미디어(2016).

11. 시선집 『마지막 본 얼굴』, 홍익출판사(1987).

12. 시집 『풍경을 흔드는 바람』, 새미(2015).

13. 《문학사계》, 2016년 봄(통권 57호).

14. 시집 『그때 휘파람새가 울었다』, 시와시학사(2001).

15. 시집 『항해일지』, 문학세계사(1984).

16. 시집 『자명한 연애론』, 황금알(2013).

17. 시선집 『오늘을 위한 노래』, 현대문학사(1987).

임미옥의 시적 동행 1

시는 그렇게 말을 건다

| 초판 1쇄 인쇄일 | 2026년 3월 3일 |
| 초판 1쇄 발행일 | 2026년 3월 11일 |

지은이	임미옥
펴낸이	한선희
편집/디자인	이보은 박재원 안솔비 근지은
마케팅	정찬용 정진이
영업관리	한선희 정구형
책임편집	근지은
펴낸곳	국학자료원 새미(주)
	등록일 2005 03 15 제25100-2005-000008 호
	경기도 고양시 덕양구 권율대로 656 원흥동
	클래시아 더 퍼스트 1519,1520호
	Tel 02)442-4623 Fax 02)6499-3082
	www.kookhak.co.kr
	kookhak2010@hanmail.net
ISBN	979-11-6797-289-7 *03800
가격	23,000원